HAFEN
CENTRAAL STATION
CHINA-TOWN
BEURS-PLEIN
ALTSTADT-WACHE
NIEUW-MARKT
DAM-PLATZ
MÜNZ-TURM
REMBRANDT-PLEIN
AM-STEL
SINGEL
BLUMENMARKT
MAGERE BRUG
HERENGRACHT
KEIZERSGRACHT
PRINSENGRACHT
REGULIERSGRACHT
HAUSBOOT
CAROLINES WOHNUNG

Simon

Debora („Debi")

Raffaela („Raffi")

Zwockel

Mark

Antje

Sven

Henk

Liebe Leserinnen und Leser

Wie bei allen Fällen der Kaminski-Kids haben auch bei diesem neuen Band meine drei Kinder Sidi, Anuschka und Saskia tatkräftig mitgeholfen. Vielen Dank für die tolle Zusammenarbeit! Bedanken möchte ich mich auch bei Simon und Sarah Hoehn (11 und 13 Jahre), Fiona Eisenhut, Livia Gautschi, Johan Boom und Christian Ringli für ihre wertvollen Anregungen, sowie bei meiner Frau Andi, ohne die dieses Buch nie möglich geworden wäre.
Mein Dank geht ebenfalls an Inspecteur Gerhard Brouwer von der Amsterdamer Polizei, André Widmer von der Zuger Polizei, Simon Carrel (Pädagoge) sowie die Drogenfachleute Titus Bürgisser, Marco Bilgerig und Roman Schaffhauser, die es mir durch ihre sachkundige Beratung ermöglichten, die Story der Wirklichkeit entsprechend zu gestalten.
Nicht zuletzt möchte ich mich auch bei meiner Lektorin Vera Hahn und bei meinem Lektor und Freund Christian Meyer bedanken, der seit Beginn der Kaminski-Kids in sämtlichen Bänden entscheidende Impulse eingebracht hat.

Viel Spaß wünscht Euch allen

Carlo Meier
fanclub@kaminski-kids.com

Die Kids im Internet:
Besucht die Kaminski-Kids auf **www.kaminski-kids.com** und schreibt Euch im Gästebuch ein, fordert den kostenlosen E-Mail-Infobrief mit den frischsten News an oder schaut nach, was die Kids über sich selbst erzählen! Auch für Erwachsene gibt es viel Wissenswertes rund um die Storys, über Schulprojekte, Lesungen und den Autor.

Carlo Meier

Die Kaminski-Kids: Gefahr in Amsterdam

Mit Illustrationen von Lisa Gangwisch

fontis

Dieses Buch entstand mit freundlicher Unterstützung von:

Stadt und Kanton Zug
Alice und Walter Bossard Stiftung
Evangelisch-reformierte Kirche der Stadt Zürich
Katholische Kirchgemeinde Zug

Ein Kultur-Engagement des Kantons Solothurn

Der Fontis-Verlag wird von 2021 bis 2024 vom Schweizer Bundesamt für Kultur unterstützt.

Bibliografische Information der Deutschen Bibliothek
Die Deutsche Bibliothek verzeichnet diese Publikation in der Deutschen Nationalbibliografie; detaillierte bibliografische Daten sind im Internet über http://dnb.ddb.de abrufbar.

3. Taschenbuchauflage 2021 by Fontis-Verlag Basel

Umschlag und Illustrationen: Lisa Gangwisch, Basel
Typographie Umschlag: Michael Basler, Lörrach
Satz: InnoSet AG, Justin Messmer, Basel
Druck: Finidr
Printed in Germany
Gedruckt in der Tschechischen Republik

ISBN 978-3-03848-216-1

Inhalt

Aufregung im Bahnhof

1

«Wo sind die beiden?»

Raffi sprang aus dem Zug auf den Bahnsteig im Amsterdamer Hauptbahnhof *Centraal Station*. Gemeinsam mit ihren Geschwistern Simon und Debora sah sie sich nach Antje und Mark um, die versprochen hatten, sie hier abzuholen. Zwockel, der Collie der Kaminski-Kids, wieselte nach der langen Zugfahrt ausgelassen auf dem Bahnsteig herum.

«Seht ihr sie irgendwo?», erkundigte sich Opa, der mit seinem schwachen Augenlicht nicht selbst Ausschau halten konnte.

Simon stellte sich auf die Zehenspitzen. «Nein, zwischen den vielen Leuten sind sie nirgends zu entdecken!»

Die Reisenden verschwanden allmählich in der Unterführung, bis auch der Letzte weg war.

Dann lag der Bahnsteig leer und verlassen da. Weit und breit gab es keine Spur von Antje und Mark.

«Was machen wir denn nun, wenn sie uns vergessen haben? Ohne unsere Eltern in einer so großen Stadt ...»

«Keine Bange, Raffi.» Opa stellte schmunzelnd seine Reisetasche ab. «Ihr habt ja immer noch *mich*!»

Plötzlich begann Zwockel aufgeregt zu bellen. Da kam jemand die Treppe von der Unterführung herauf. Es waren zwei Kinder ...

Antje und ihr Bruder Mark traten auf den Bahnsteig.

«Klasse, Mann!», rief Raffi begeistert.

Rasch schulterten die Kids ihre Rucksäcke und rannten auf die Freunde zu. Stürmisch umarmten sie die beiden – bei dem lang ersehnten Zusammentreffen war die Freude natürlich riesig.

«Super», strahlte Debora, «dass wir unsere Sommerferien bei euch verbringen dürfen!»

«Wir freuen uns auch sehr darauf», versicherte Mark. «In dem Trubel haben wir den richtigen Bahnsteig nicht gleich gefunden, deshalb sind wir ein bisschen verspätet.»

Daneben schauten sich Simon und Antje tief in die Augen und vergaßen alles um sich herum. Endlich war es da, ihr großes Wiedersehen, auf das sie sich seit dem winterlichen Snowboardlager gefreut hatten, wo sie sich zum ersten Mal begegnet waren. Dort hatte sich Antje auf Anhieb in Simon verliebt, und auch er war sich schon bald bewusst geworden, dass ihm das hübsche Mädchen mehr als nur gut gefällt. Seither hatten sie sich ständig SMS und E-Mails geschickt.

Nun war Antje aber schüchtern und sagte bloß leise: «Hallo.»

Da beugte Simon sich vor und gab ihr kurzerhand einen Kuss auf die Wange. Antje bekam weiche Knie und schwebte im siebten Himmel.

Gegenüber warfen sich Debora und Raffi einen vielsagenden Blick zu und begannen zu kichern.

Schließlich begrüßten Mark und Antje den Opa der Kids, der bis jetzt geduldig daneben gewartet hatte.

«Wir sind selbst auch zu Gast in Amsterdam», erklärte Mark dem alten Mann. «Wir verbringen bloß die Ferien bei unserer Tante. Doch weil wir häufig da sind und unsere Mutter Holländerin ist, kennen wir uns gut aus in der Stadt und sprechen auch gut Holländisch. Wir können also immer übersetzen, wenn's nötig ist, obschon hier viele Leute auch Deutsch sprechen. Jetzt müssen wir aber los – Tante Caroline wartet!»

Sie schlenderten mit Zwockel durch die dunkle Unterführung zur überfüllten Ankunftshalle. Dort mussten sie in dem Gewimmel von Reisenden aufpassen, dass sie sich nicht aus den Augen verloren. Es gab kaum ein Durchkommen, weshalb Raffi sich mit ihrer feuchten Hand an Debora festklammerte. Mark führte Opa am Arm durch die Menschenmasse, Simon und Antje gingen nebeneinander her – beide überlegten, den anderen bei der Hand zu nehmen, doch keiner fasste sich ein Herz dazu.

Aus den Lautsprechern unter dem geschwungenen Kuppeldach drangen ständig Durchsagen einer freundlichen Frauenstimme in Holländisch. Manchmal verstand man ein paar Worte nacheinander, dann wieder ganze Sätze lang kein einziges Wort. In den Ohren der Kids klang es wie ein Gemisch aus Deutsch, Englisch und einem seltsamen Kauderwelsch.

Debora ulkte: «Kabt ihr det verstandeken?»

Da bemerkte sie, dass sie mit Raffi in dem Treiben abgedrängt worden war. Laut rief sie nach vorne: «He, Leute, wartet! Sonst verlieren wir euch noch!» Um ihnen zu winken, ließ sie kurz Raffis Hand los.

Opa und die Kinder hielten an, was in dem Gedränge gar nicht so einfach war.

Als Debora wieder nach Raffis Hand greifen wollte, war die Kleine plötzlich verschwunden.

Wie angewurzelt blieb sie stehen, und zwei Rucksack-Urlauber stießen von hinten in sie hinein. Von Raffi war rundherum keine Spur zu sehen.

«Sie ist weg!», rief Debora. «Raffi ist weg!»

Besorgt drängten sich die anderen gegen den dichten Menschenstrom zu ihr zurück. Als sie es geschafft hatten, stellte Opa seine schwere Reisetasche ab, und alle schauten sich suchend um. Doch in dem Durcheinander aus Reisenden, Imbissbuden und Läden war Raffi nirgends zu entdecken.

Den Kids fuhr ein gewaltiger Schreck in die Glieder. «Das fehlte gerade noch, die Kleine mitten in dem Getümmel hier zu verlieren!»

Da zeigte Antje auf ein Kleidergeschäft. «Ist sie das nicht da drüben?»

Tatsächlich! Dort stand Raffi vor einem Schaufenster, in dem AMSTERDAM-T-Shirts angeboten wurden, und sah sich seelenruhig die verschiedenen Aufdrucke an.

«Zum Glück!», seufzte Simon und eilte mit Zwockel zu der Kleinen hinüber, um sie zurückzuholen.

Nach der ersten Erleichterung, dass Raffi wieder

gefunden war, bückte sich Opa nach seiner Reisetasche. Doch er griff ins Leere. «Was ...? Das gibt's ja nicht! Meine Tasche ist weg!»

In der ganzen Aufregung hatte der fast blinde Mann nicht bemerkt, wie sein Gepäck abhanden gekommen war.

Da sauste Zwockel Richtung Ausgang los. Mark folgte ihm geistesgegenwärtig.

«Es gibt hier viele Taschendiebe», stieß Antje hervor. «Besonders in der Bahnhofsgegend – überall hängen Schilder, die vor Dieben warnen!»

Simon hörte schon gar nicht mehr zu, sondern nahm ebenfalls die Verfolgung auf.

Weiter vorne drängte sich Mark zwischen den Leuten hindurch. Ein ganzes Stück vor ihm war Zwockel hinter einem schmächtigen jungen Mann her, der Opas Reisetasche trug.

Doch da Mark äußerst flink war, holte er rasch auf.

Der Dieb verließ das Bahnhofsgebäude durch den Hauptausgang und bog nach rechts ab. Auf dem Gehsteig rannte er beinahe ein paar Leute über den Haufen und stürmte auf ein mehrstöckiges Parkhaus zu.

Zwockel kam ihm immer näher.

Bei der Zufahrt erwischte er den Flüchtenden und sprang an ihm hoch. Dabei schnappte der Collie nach dem T-Shirt des Mannes und hielt ihn so zurück.

Verzweifelt versuchte der Dieb den Hund abzuschütteln.

Doch Zwockel ließ nicht locker.

Aus den Augenwinkeln bemerkte der Mann, dass Mark und Simon auf ihn zugerannt kamen.

Als er einsah, dass er's mit der schweren Tasche nicht schaffen würde, ließ er sie zu Boden fallen.

Sofort gab Zwockel ihn frei, und der junge Mann rannte hastig davon.

Da traf Mark keuchend ein und blickte dem Flüchtenden nach.

Während Zwockel die Reisetasche bewachte, kam nun auch Simon dazu. Atemlos klopfte er Mark auf die Schulter und tätschelte Zwockels Fell. «Gut gemacht, ihr beiden! Ohne euch wäre Opa seine Reisetasche jetzt los – das wär ja ein schöner Ferienanfang gewesen! Zum Glück habt ihr zwei so gut aufgepasst!»

«Ich denke», sagte Mark noch immer außer Puste, «den Typen lassen wir sausen. Hauptsache, wir haben das Gepäck wieder!»

«Gebongt!»

Gemeinsam trugen sie die Tasche wie einen Siegespreis zu Opa und den andern hinüber, die inzwischen auf dem sonnendurchfluteten Platz vor dem Bahnhof standen.

Raffi himmelte Mark richtiggehend an – der gut aussehende Junge hatte so schnell und tatkräftig gehandelt, echt toll ...

Überschwänglich bedankte sich Opa bei Mark und Zwockel. Alle waren froh, dass die Sache gut ausgegangen war.

«Der Dieb hat immerhin einen Sinn für Ordnung»,

schmunzelte Debora. «Die Tasche hat er ausgerechnet vor dem Parkhaus geparkt!»

Die Kids lachten ausgelassen und blickten noch mal zu dem Gebäude hinüber. Dabei bemerkten sie, dass das Parkhaus gar nicht für Autos, sondern ausschließlich für Fahrräder war. Auf den drei Stockwerken standen dicht an dicht Tausende von Drahteseln in Reih und Glied.

«So ein großes Haus nur für Räder», staunte Raffi. «Wo gibt's denn so was?!»

«In Amsterdam sind die Dinge eben ein wenig anders als anderswo», lächelte Antje.

Simon wischte sich Schweiß von der Stirn. Die Luft war selbst am frühen Abend noch heiß.

Unter dem wolkenlosen blauen Himmel sah das Bahnhofsgebäude aus wie ein Schloss mit verzierter Fassade.

«Jetzt aber los», meinte Mark. «Tante Caroline fragt sich bestimmt, wo wir so lange bleiben!»

«Wie fahren wir denn zu ihrer Wohnung – mit der Straßenbahn da drüben?» Raffi zeigte auf einen blauweißen Waggon an der Haltestelle.

Antje schüttelte den Kopf. «Ihr werdet's gleich erleben», sagte sie geheimnisvoll.

Überraschung an Bord

2

Die Kids folgten Mark und Antje zum Flussufer hinunter. Bei der Anlegestelle wartete ein Boot, an dessen Steuer eine elegante ältere Dame mit Strohhut und Sonnenbrille saß.

Sie lächelte und kam zur Reling, um Opa beim Einsteigen zu helfen. Daneben sprangen die Kids mit Zwockel an Bord des schaukelnden Bootes.

Das Flusswasser roch leicht fischig, doch das gab sich schnell, sobald man an Bord war.

Während Mark das Tau losmachte, stellte Antje die Dame vor: «Alle bitte mal kurz herhören: Das ist Tante Caroline!»

Die Kids gaben ihr die Hand. Caroline hatte viele Lachfältchen im Gesicht, die ihr ein fröhliches, freundliches Aussehen verliehen. Trotz ihres Alters wirkte sie quicklebendig und unternehmungslustig.

Nach der Begrüßung setzten sich Simon und Antje auf eine der roten Sitzbänke. Antje hatte sich dieses Wiedersehen schon tausend Mal ausgemalt, aber jetzt, wo es endlich so weit war, brachte sie fast kein Wort heraus – sie hätte ihm so vieles sagen wollen, und am liebsten hätte sie ihn einfach in die Arme geschlossen und eine Stunde lang an sich gedrückt. Doch stattdessen blickte sie ihn bloß verliebt an und hätte sich gleichzeitig ohrfeigen können, dass sie so schüchtern war.

«Nun fahren wir erst mal nach Hause», eröffnete Caroline. «Herr Kaminski ist bestimmt müde und froh, nach der anstrengenden Reise ein wenig ausruhen zu können. Obwohl er ja topfit aussieht und man ihm überhaupt nichts anmerkt!»

Opa lächelte. «Mir geht's gut. Ich hab mir im Zug meine Lieblingskrimis mit Miss Marple auf dem Walkman angehört.»

«Ist nicht wahr!?», rief Caroline begeistert. «Miss Marple ist auch *mein* Lieblingskrimi!»

«Na, da haben wir ja schon einiges gemeinsam», schmunzelte Opa. «Und im Übrigen brauchen Sie mich nicht ‹Herr Kaminski› zu nennen. Mein Name ist Hermann.»

«Dann also Hermann!» Hocherfreut bot sie Opa den Platz neben ihr auf der Steuerbank an.

Dahinter zwinkerten sich Debora und Raffi zu.

«Turteltauben *vor* und *hinter* uns!», kicherte Raffi. Doch als Mark sich zwischen sie und Debora setzte, verstummte sie schlagartig. Sie war unglaublich stolz darüber, dass sie neben dem großen Taschendiebfänger sitzen durfte ...

Tante Caroline startete den Bootsmotor. Die Fahrt ging in gemächlichem Tempo den breiten Fluss entlang bis zu einer Abzweigung, wo Caroline unter einer Brücke hindurch in einen schmalen Kanal abbog. Dort ankerten beidseits Wohnboote, und das Ufer war von Bäumen gesäumt wie eine Allee.

Zwockel saß neben Opa auf der Bank. Die Ohren im lauen Fahrtwind gespitzt, betrachtete der Collie eifrig die Gegend.

«Schau mal da, Raffi!» Debora zeigte auf eine Reihe schmaler alter Häuser am Kanal entlang. «Die stehen ja völlig schief!»

«Stimmt», staunte die Kleine. «So was hab ich noch nie gesehen!»

Die Gebäude waren zwar aneinandergebaut, trotzdem neigten sich einzelne Häuser deutlich nach verschiedenen Seiten. Zudem waren alle leicht vornübergebeugt.

«Dass sie etwas nach vorne driften, ist Absicht», erklärte Mark. «Seht ihr da oben an den Dachgiebeln die Haken mit Seilwinden?»

Die Mädchen nickten.

«Daran kann man Möbel und andere Sachen hochziehen. Die Treppenhäuser drinnen sind zu eng, um sperrige Dinge raufzutragen. Damit die Fracht beim Hochziehen nicht an der Fassade entlangschrammt, sind die Häuser leicht vorgeneigt.»

«Ach, so ist das ...»

Auf dem Gehsteig waren überall Fahrräder festgekettet, und am Ufer wurden Bootsfahrten angeboten – MEYER'S RONDVAARTEN stand auf einem der Schilder.

Während die Kinder fasziniert die malerische Gegend betrachteten, erklärte Caroline vorne auf der Steuerbank: «Auf den Kanälen, die man hier in Amsterdam

‹Grachten› nennt, kann man praktisch jeden Ort in der Innenstadt erreichen. Das ganze Zentrum ist mit einem Netz von Wasserstraßen durchzogen.»

Opa hörte aufmerksam zu, wie sie weitererzählte. «Amsterdam wird ja ‹das Venedig des Nordens› genannt – doch in der Anzahl an Kanälen und Brücken übertrifft es Venedig sogar! Es gibt hier insgesamt 165 Grachten und fast 1300 Brücken!»

Mit einem Lächeln im Gesicht sog Opa die vielfältigen Gerüche ein und lauschte den Klängen, Stimmen und dem kunterbunten Fahrradgeklingel. Daneben drang aus jedem der vielen angrenzenden Läden und Kaffeehäuser Musik und vermischte sich zu einem wilden Durcheinander. Und auf der Gracht tuckerten Boote unterschiedlichster Größe mit jungen Leuten an Bord, aber auch mit älteren Paaren oder Familien mit Kindern.

Plötzlich kniff Raffi die Augen zusammen. «Was ...? Das kann doch nicht sein!» Sie starrte gebannt ans Ufer. «Doch! Er ist es! Guckt mal, da drüben ist Sven!» Aufgeregt zeigte sie auf eine Gasse, die zu einem verwinkelten Altstadtviertel führte.

Rasch schauten die anderen Kinder hin, doch in diesem Moment verschwand die Gasse hinter Grachtenhäusern aus dem Blickfeld.

«Vergiss es», winkte Simon ab. «Das ist völlig unmöglich, Sven wurde ja verhaftet!»

«Doch, er war es!», beharrte Raffi. «Er hat genau so ausgesehen! Er trug diese Kapuze, und seine Gesichts-Piercings blitzten in der Sonne auf! Ich hab ihn eindeutig erkannt, hundertpro!»

«Ach Raffi, du siehst Gespenster!», fand Debora.

«Worum geht's denn überhaupt?», wollte Antje wissen. Svens Name sagte ihr nichts.

Die Kinder rückten näher zusammen, während Tante Caroline vorne am Steuer weiterhin Reiseleiterin spielte und Opa Dinge über die Stadt erzählte.

Aufgeregt begann Raffi: «Neulich ist ein Junge in unser Dorf gekommen, eben dieser Sven. Er hat Drogen verkauft – so kleine Ecstasy-Pillen!»

«Echt?»

«Ja», antwortete Simon. «Und mein bester Freund Loko hat mal eine solche Pille genommen. Loko war mies drauf und hat dann sogar einen ganzen Beutel voll Ecstasy-Tabletten von Sven übernommen, doch damit ist er in eine Polizeikontrolle im Jugendhaus geraten!»

«Und dann?» Antje und Mark hörten gespannt zu.

«Dann», erzählte Debora weiter, «konnte Simon die Drogen aus dem Jugendhaus rausschmuggeln, und wir haben die Pillen vernichtet. Doch anschließend verlangte Sven von Loko und uns, den Stoff zu bezahlen oder zurückzugeben. Da beides nicht ging, gerieten wir ganz schön in die Klemme. Mit einem Trick versuchten wir, Sven und seine zwei Kumpels von seinem Drogenring im Stadtpark in eine Falle zu locken!»

«Dort konnten die drei dann tatsächlich von der Polizei verhaftet werden», schloss Simon. «Die Sache ging allerdings nicht ganz ohne Verluste ab ...» Er schob sein T-Shirt hoch und ließ einen großen gelbblauen Fleck sehen. «Atzes Faust hat 'nen irren Hammer – so einen möchte ich nicht noch mal abkriegen!»[1]

---

[1] Die ganze Geschichte steht in Band 8, «Die Kaminski-Kids: Entscheidung im Park».

Antje wurde total bleich, als sie hörte, in welcher Gefahr Simon vor kurzem geschwebt hatte. «Wenn ich das gewusst hätte – mir wird ja ganz mulmig ...»

«Und jetzt ist Sven hier!», beteuerte Raffi. «Ich wette alle meine Stofftiere drauf!»

«Ach komm!» Debora schüttelte den Kopf. «Er ist doch in Untersuchungshaft, er kann gar nicht in Amsterdam sein!»

«Und wenn er nun aus dem Gefängnis entwischen konnte?»

«Kinder!», rief Tante Caroline vorne am Steuer und holte die Kids damit aus ihren Gedanken heraus. «Wir sind gleich da!» Schwungvoll bog sie in eine romantische Gracht ein.

Die Prinsengracht war ein verträumter Kanal mit baumbestandenen Ufern. Links und rechts lagen Hausboote vor Anker – manche sahen aus wie schwimmende Holzbaracken, andere waren richtig nobel aufgedonnert mit bunten Bogendächern und allerlei Verschnörkelungen, mit Blumenkästen und Sitzplätzen auf den flachen Dächern, die mit Campingstühlen und Tischchen ausgestattet waren.

«Dort vorne ist unser Grachtenhaus», erläuterte Caroline. «Im zweiten Stock links liegt das Zimmer von Mark und Antje, und gleich daneben das von Hermann.

Und am Steg davor ankert das Wohnboot, auf dem ihr drei Kaminski-Kids übernachten dürft!»

«Super!», freute sich Debora. «Bin schon ganz gespannt, wie's auf dem Hausboot aussieht!»

Caroline verringerte die Geschwindigkeit und legte am Ufer an.

Während Mark das Tau an einem Pfeiler festmachte, half Simon Antje beim Aussteigen. Dabei hielt er ihr die Hand hin – und so ergab es sich fast von selbst, dass die beiden nun Händchen haltend an Land gingen ...

Als Raffi und Debora hinzutraten, tuschelte Debora leise: «Woa, da knistert aber was ganz gewaltig!»

Auf der Gasse waren Radfahrer unterwegs, die zum Erstaunen der Kids Hunde oder Kinder in hölzernen Transportkisten spazieren fuhren.

«Gleich in dem Haus da drüben ist Tante Carolines Wohnung!» Antje deutete auf die Tür eines hübschen Grachtenhauses mit Pflanzen vor dem Eingang. «Von unserem Zimmer aus haben Mark und ich eine schöne Sicht auf zehn kleine Brücken!»

Zwockel schnupperte aufgeregt an einem Baumstamm herum. Auf dem Gehsteig waren Fahrräder an allen möglichen und unmöglichen Orten festgebunden, die meisten davon mit mehreren Ketten. Viele der Räder waren ausgeflippt geschmückt: Eins hatte einen gewaltigen Gummi-Papagei auf dem Gepäckträger, ein anderes war von vorn bis hinten mit Plastikblumen beklebt.

Als Caroline an Land kam, wies sie auf ein Hausboot am Kai. «Dies ist euer Heim!»

Begeistert nahmen die Kids das Boot in Augenschein. Es war rot lackiert und trug den Namen HENRIEKE.

An Deck standen Topfpflanzen und bunte Blumen in Holzkästen.

«Es ist wunderschön!», schwärmte Debora. «Dürfen wir gleich an Bord gehen und es uns ansehen?»

«Na klar!» Caroline reichte Antje den Schlüssel. «Ich geh inzwischen schon mal mit Hermann nach oben, um ihm eine schöne Tasse Kaffee zu machen und ihm sein Gästezimmer zu zeigen. Kommt nachher rechtzeitig zum Abendbrot rauf!»

Sie fasste Opa am Ellbogen und führte ihn über die Gasse zum Haus. Dabei schilderte sie ihm, was es in der Umgebung zu sehen gab, und unversehens waren die beiden schon wieder in ein angeregtes Gespräch vertieft.

Neugierig gingen die Kids mit Antje und Mark zum Boot. Am Kai führte ein schmaler Steg zum Deck hinüber.

Debora, die sich ganz besonders auf das Leben in einem Wohnboot freute, war ganz aufgeregt. Zwockel tippelte über den Steg und schnüffelte sofort an den Blumenkästen neben der Treppe zum Eingang herum.

Als alle an Deck waren, zeigte Raffi auf das Tau, mit dem das Boot am Ufer festgemacht war. «Und das kann auch bestimmt nicht reißen?»

«Nein», lächelte Mark. «Tut es nicht.»

Raffi verzog den Mund. «Nicht, dass wir dann in der

Nacht plötzlich davontreiben und am Morgen auf offener See erwachen!»

«Keine Angst, es wird nicht reißen», bekräftigte Antje.

Während die Kids die Stufen zur Tür hinabstiegen und Antje unten aufschloss, fuhr auf der Gracht ein Polizeiboot vorüber. An Bord der HENRIEKE begann es nun spürbar zu schwanken.

«Hoffentlich wird man da nicht seekrank beim Schlafen», meinte Simon halb im Scherz.

Doch Mark beruhigte ihn: «Man gewöhnt sich schnell dran, du wirst sehen.»

Die Kids folgten Antje und Mark in den Wohnbereich und sahen sich drinnen gespannt um. Die Decke war niedrig, die Gänge ziemlich schmal. Im gemütlichen Salon standen Ledersessel und ein Klubtischchen. Das Fenster gab die Sicht auf das glitzernde Wasser der Gracht und das gegenüberliegende Ufer mit den Bäumen und schiefen Häusern frei. Vor den Scheiben hingen weiße Rüschengardinen, und auch sonst war alles an Bord liebevoll mit vielen Ziergegenständen geschmückt.

Die winzige Küche und die beiden Zimmer mit den Schlafkojen, das WC mit der Dusche – alles war sehr eng, da bei dem beschränkten Platzangebot auf einem Boot jede Nische und jeder Zentimeter bestmöglich genutzt werden mussten.

«Es ist meeega romantisch!», schwärmte Debora. «Genau wie ich es mir vorgestellt habe!»

«Ich möchte *hier* schlafen!», rief Raffi und wies auf eine der beiden Kojen, die nebeneinander unter einem tiefen Schrägdach standen. «Darf ich?»

«Okay, dann ist dies das Mädchenzimmer.» Simon ging in die andere Schlafkabine.

Während die Kids ihre Sachen aus den Rucksäcken holten und sich einzurichten begannen, schrieb Debora noch rasch eine SMS nach Hause, um mitzuteilen, dass sie gut angekommen waren.

Raffi verstaute ihre Kleider in einem Wandschrank und legte schon mal ihre Schlafsachen bereit, wobei sie vor Mark noch nicht ihr mitgebrachtes Lieblings-Betttierchen *Softie*, einen Plüschhund, auspacken wollte ...

Plötzlich klingelte Simons Handy. Er meldete sich und war erstaunt: «Loko, du? Was steht denn an?»

Schlagartig wurde Simon blass. «Was? Sven ist aus der U-Haft entlassen worden?»

Die Mädchen huschten in die Kabine ihres Bruders und starrten ihn an. «Was ist los? Erzähl schon!»

Doch Simon winkte ab und wandte sich zur Seite, um seinem Freund besser zuhören zu können.

«Okay, Loko», sagte er nach einer Weile. «Ich ruf dich später zurück – die Sache muss ich erst mit Debi und Raffi besprechen. Das ist ja ein totaler Hammer!»

Eine unheimliche Botschaft

3

Debora und Raffi waren ganz kribbelig. «Nun schieß schon los, Simon! Was hat Loko gesagt?»

Simon hatte völlig weiche Knie, und dies nicht wegen des sanften Schaukelns an Bord. «Sven ist freigelassen worden ...»

«Seht ihr!», trumpfte Raffi auf. «Hab ich eben doch Recht gehabt! Er war es vorhin wirklich!»

Doch der Schalk verschwand schnell aus ihren Augen, als sie die ernsten Mienen ihrer Geschwister sah.

«Das gibt's ja nicht!», stieß Debora hervor. «Warum wurde Sven denn rausgelassen?»

Aufgewühlt setzte Simon sich auf die Bettkante. «Das wollte Loko auch wissen, deshalb hat er sich auf der Polizeiwache erkundigt. Man konnte Sven in Sachen Autodiebstahl nichts nachweisen – und er wurde ja deswegen verhaftet, nicht wegen der Drogen, die man gar nicht gefunden hat. Seine beiden Kumpels Jürgen und Atze hatten weniger Glück: Sie sind inzwischen ausgeliefert und von den holländischen Behörden in Untersuchungshaft genommen worden. Doch Sven hatte für die Tatzeit des Autoklaus ein Alibi. Und ohne Erhärtung des Verdachts konnte er nicht länger festgehalten werden ... Loko befürchtet, Sven könnte wieder im Dorf auftauchen.»

«Da ist er nicht der Einzige, der das befürchtet ...», murmelte Debora. «Damit ist nun auch klar, dass Sven tatsächlich hier in der Stadt ist – wir haben im Dorf ja ein Telefongespräch von ihm belauscht, bei dem sein Boss Henk ihn angewiesen hat, nach Amsterdam zu kommen.»

Antje schaute die Kids besorgt an. «Seid ihr denn jetzt wieder in Gefahr?»

Simon nickte ernst. «Sven hat noch eine Rechnung mit uns offen. Er will bestimmt das Geld für die Drogen abkassieren.»

«Muss er wohl auch», warf Debora ein. «Dieser Henk hat doch von ihm verlangt, auf der Stelle seine Ecstasy-Lieferung zu bezahlen. Also wird Sven das Geld so schnell wie möglich auftreiben wollen. Bei uns und bei Loko, versteht sich!»

«So viel ist klar», bestätigte Simon. «Und so wie ich Sven kenne, dürfte es ganz schön brenzlig werden.»

Mark und Antje tauschten einen beunruhigten Blick.

«Diesmal», überlegte Debora, «wird er wohl mit noch mehr Kumpels aufkreuzen als letztes Mal ...»

Bange schaute Raffi auf. «Und wenn Sven jetzt schon in unser Dorf fährt, solange wir noch hier in Amsterdam sind? Dann ist Loko all diesen Kerlen ausgeliefert, und wir sind nicht da, um ihm zu helfen!»

«Stimmt», nickte Simon. «Am besten wäre, Sven würde gar nicht erst hinfahren – und wir könnten die Sache hier in Amsterdam irgendwie lösen ...»

«Aber wie denn bloß?»

«Bevor wir uns darüber Gedanken machen, müssten wir Sven erst mal finden», gab Debora zu bedenken.

Antje hob die Schultern. «In einer so großen Stadt ist das fast unmöglich.»

Da hatte Mark eine Idee. «Vielleicht könnte Danny uns helfen, ein Cousin von uns. Er war früher süchtig, deshalb kennt er sich in der Drogenszene aus. Jetzt ist er aber weg von dem Zeug. Möglicherweise wüsste er, wo man nach Sven suchen könnte.»

«Das wäre doch schon mal ein Anfang», meinte Debora. «Denkst du, wir könnten Danny schon bald treffen?»

«Ich werde ihn anrufen. Hoffen wir mal, dass er gleich morgen Zeit für uns hat.»

Debora lächelte Mark dankbar an. «Das wäre super!»

«Ja, wirklich», bekräftigte Simon. «Denn wir müssen unbedingt das Ganze lösen, bevor uns Sven zuvorkommt. Sonst ...»

«Sonst gute Nacht», murmelte Raffi beklommen.

Antje blickte auf die Uhr. «Oh-oh, es ist höchste Zeit! Tante Caroline und Opa warten sicher schon mit dem Abendessen auf uns!»

Die Kinder ließen alles stehen und liegen und verließen das Hausboot, um in die Wohnung hinaufzugehen.

Unterwegs rief Simon noch rasch Loko an, um seinem Freund wie versprochen Bescheid zu geben.

Als er das Gespräch beendete, hielt Antje ihn im Treppenhaus auf.

«Ich mache mir Sorgen, dass ihr euch da auf eine gefährliche Sache einlasst. Mit der Amsterdamer Drogenszene ist nicht zu spaßen ...»

Simon strich ihr beruhigend über den Arm. «Du brauchst keine Angst zu haben. Wir werden sehr vorsichtig sein.»

«Versprochen?»

«Versprochen.»

Antje gab ihm die Hand, und die beiden stiegen weiter die Stufen zu Carolines Wohnung hoch. Drinnen saßen die anderen bereits im Esszimmer am gedeckten Tisch.

Durch die Fenster war die heraufziehende Dämmerung zu sehen. Die Kids würden nach dem Abendbrot bestimmt schon bald zu Bett gehen, denn sie waren alle müde nach dem anstrengenden Tag. Und was Simon und Antje betraf: müde, aber auch glücklich ...

Zurück im Hausboot erhielt Simon in seiner Koje vor dem Einschlafen noch eine SMS von Antje mit einem Herzchen-Zeichen drin und der Nachricht: `Es ist cool, dass ihr hier seid! Ich bin so happy, die Zeit mit dir zu verbringen! Du bist so lieb! Deine Antje`

Am nächsten Morgen wachte Raffi als Erste auf. Durch die Luke im Schrägdach über ihr sah sie eine Baumkrone und ein Stück blauen Himmel. Sie brauchte eine Weile, um sich klar zu werden, wo sie überhaupt war. Das sanfte Schwanken an Bord erinnerte sie daran, dass sie sich auf einem Hausboot befand. Und noch etwas wurde ihr klar: Sie hatte einen Bärenhunger.

In der Koje neben ihr schlief Debora immer noch tief und fest.

Raffi stand leise auf und tappte barfuß in den Wohnraum hinaus. Dort hatte sie am Vorabend auf dem Klubtischchen einen Keks zurückgelassen, nachdem Caroline allen drei Kids einen als Gutenachthäppchen mitgegeben hatte. Im Gegensatz zu Simon und Debora hatte Raffi sich ihren aufgespart und wollte ihn nun essen. Doch als sie zum Tischchen kam, entdeckte sie, dass der Keks angeknabbert war.

«Ja Pingu!», rief sie entrüstet. «Wer ist denn das gewesen? Das war *mein* Keks!»

Durch das Getöse wurde Debora aus dem Schlaf gerissen. Erschrocken setzte sie sich in ihrer Koje auf und knallte mit dem Kopf gegen das Schrägdach. «Aua!», stöhnte sie auf und rieb sich die Stirn. «Raffi, hast du sie nicht mehr alle?!»

Verschlafen schlurfte sie ins Wohnzimmer, wo nun auch Simon gähnend aus seinem Zimmer kam.

Beide schauten sich beim Tischchen den Keks an. Er trug Nagespuren von winzigen Zähnen – ein richtiger kleiner Gebissabdruck.

Simon und Debora warfen sich einen Blick zu. «Das war wohl ... jemand anders, Raffi», deutete er behutsam an. «Jemand viel Kleinerer ...»

Debora musterte ihren Bruder mit einer unguten Vorahnung. «Du meinst doch nicht etwa ...»

«Ha, ha!», warf Raffi ein. «Einer von euch hat

meinen Keks angeknabbert – oder sogar ihr beide, und nun wollt ihr mir irgendwas aufbinden!»

Simon sah ein, dass die Kleine offenbar nur Klartext verstehen würde. «Raffi, es war eine Maus!»

Da schüttelte sich nicht etwa Raffi, sondern Debora. «Hier sind Mäuse an Bord? Und wenn nun eine in der Nacht über mich drüberläuft?» Angeekelt musterte sie den Fußboden um sich herum.

«Mäuse weichen den Menschen aus», beschwichtigte Simon. «Die verstecken sich vor dir.»

«Bist du sicher?» Debora konnte sich lebhaft vorstellen, wie die winzigen rosa Füßchen nachts über ihren Bauch trippelten ...

«Hundertpro – du musst ja nicht gerade den Keks auf dich drauflegen!»

«Wisst ihr was?» Über Raffis Gesicht huschte plötzlich ein verschmitztes Lächeln. «Ich möchte die Maus einfangen! Ich wollte schon immer ein Mäuschen!»

«Einfangen?» Debora betrachtete die Kleine mit gemischten Gefühlen. «Wie soll das denn gehen?»

«Ganz einfach!», meinte Simon.

Er holte in der Kombüse einen Plastikeimer und stellte ihn vor einen Sessel im Wohnzimmer. «So. Wir legen den Keks als Köder rein – dann springt die Maus in der Nacht vom Sessel in den Eimer und kann nachher nicht mehr raus, weil die Plastikwände zu glatt sind.»

«Genau!», rief Raffi begeistert. «Cool, bald hab ich eine Maus!»

In diesem Augenblick piepste an Deboras Handy das SMS-Signal. Rasch sah sie nach. «Mark schreibt, es klappt mit seinem Cousin! Wir können Danny schon heute treffen!»

«Super!», strahlte Simon. «Hoffentlich schafft er's, uns auf Svens Spur zu führen!»

Mit knurrendem Magen machten sich die Kids auf den Weg zu Carolines Wohnung. Nach dem Eintreten trafen sie auf Opa, der eben aus dem ersten Zimmer kam. Zwockel, der bei Großvater übernachtet hatte, sprang freudig an den Kids hoch.

«Guten Morgen, Kinder», strahlte Opa. «Ich muss schon sagen – Caroline hat mir nicht nur ein sehr gemütliches Zimmer zur Verfügung gestellt, sondern auch ein enorm bequemes Bett», verkündete er mit seiner Brummbass-Stimme. «Ich habe herrlich geschlafen, und ihr?»

«Ich auch», antwortete Raffi. «Wie ein Murmeltier!»

Gemeinsam gingen sie den Flur entlang und unter einem geschwungenen Mauerbogen hindurch ins Esszimmer, von dem man eine schöne Sicht auf einen Seitenkanal der Prinsengracht hatte. In der angrenzenden winzigen Küche bereiteten Antje und Mark das Frühstück zu.

Caroline telefonierte in ihrem Zimmer mit einer Freundin. Gedämpft drangen ihre Worte durch die Tür. «Seine Stimme müsstest du mal hören – so brummelig, so tief – so männlich! Also, wirklich, sehr sympathisch! Und sein Humor ist einfach köstlich, wir amüsieren uns blendend! Und seine Augenbrauen, einfach toll! Nicht bloß ein Fläumchen, sondern richtig dicht und lockig!»

Die Kids musterten Opas buschige Brauen und begannen auf der Stelle zu lachen. Auch Opa musste schmunzeln.

Während er sich nun an den Frühstückstisch setzte, huschten die Kids in die Küche.

Leise fragte Debora: «Wann können wir Danny denn treffen?»

«Schon heute Morgen», flüsterte Mark. «Ich habe ihm gesagt, dass es extrem wichtig und dringend ist, und ...»

Da trat Caroline ins Esszimmer. Sie hatte vom Getuschel der Kids nichts mitgekriegt, ganz im Gegensatz zu Opa, der außergewöhnlich gut hörte und über dessen Gesicht schon wieder ein Lächeln huschte ...

In der Küche machte Zwockel sich über eine Riesenschale mit Hundefutter her, und die Kinder setzten sich an den reich gedeckten Tisch. Im Brotkorb lagen Semmeln mit und ohne Rosinen, Honigkuchen und Zwieback.

«Das ist jetzt ein typisch holländisches Frühstück», eröffnete Antje. «Versucht mal eure ‹Chocomel› – die beste Schokomilch der Welt!»

«Die vermissen wir daheim immer mega», führte Mark aus. «Wenn wir hier in den Ferien sind, nehmen wir eine Tonne davon mit nach Hause!»

Die Kids waren begeistert von der *Chocomel* und beobachteten aufmerksam, wie Antje und Mark dicke Schoko-Raspel in verschiedenen Formen und Farben auf ihre Butterbrote streuten. Das war gleich noch mal etwas, das sie nicht kannten.

«Wir nennen das Hachelschlach», erklärte Caroline, die wie in Holland üblich das G als raues Ch aussprach. «Alle lieben es!»

Doch die Kids hatten ziemlich Mühe mit dem *Hagelslag*. Nachdem sie die Raspel endlich gleichmäßig auf ihren Broten verteilt hatten, segelte beim Abbeißen ein großer Teil davon auf ihre Teller hinab. Als sie die Sache dann aber einigermaßen im Griff hatten, waren sie ebenso hingerissen wie ihre Freunde.

Schmunzelnd setzte Caroline ihre Kaffeetasse ab. «Ich habe schon ein paar tolle Ideen, welche Ausflüge wir alle gemeinsam in den kommenden Tagen unternehmen werden!», sagte sie freudig. «Heute geht's nach dem Frühstück gleich los zum großen Blumenmarkt mit den schwimmenden Ständen im Fluss!»

Die Kids zuckten unmerklich zusammen. Oh nein, dachte Simon. Jetzt haben wir's geschafft, ein Treffen mit Danny zu vereinbaren, und nun macht uns Caroline einen dicken Strich durch die Rechnung!

«Ähm», räusperte sich Antje, «für heute haben wir schon was anderes vor ...»

«Ach ja?» Caroline sah sie überrascht an.

«Ja, wir treffen uns mit Danny.»

«Danny? Der Sohn meines jüngsten Bruders?»

Mark nickte. «Wir haben Danny schon lange nicht mehr gesehen und würden ihn gerne unseren Freunden vorstellen.»

«Muss das denn unbedingt heute sein?»

«Ja, schon», antwortete Mark, und Antje bat: «Bitte erlaub es, Tante ...»

«Na, ich weiß nicht», zweifelte Caroline.

Da schaltete Opa sich ein. «Ich würde sehr gerne

zum Blumenmarkt gehen – ich bin ein absoluter Blumenliebhaber!»

«Ist nicht wahr, du auch?», strahlte die Tante.

Opa nickte. «Früher habe ich sogar selbst Rosen gezüchtet. Mein Sohn hat meine Liebe zu den Blumen geerbt und führt heute ein eigenes Blumengeschäft auf dem Kaminski-Hof. Und was mich betrifft: Ich bin nicht zuletzt wegen der weltberühmten holländischen Tulpen nach Amsterdam gekommen!»

«Na, wenn das so ist ...» Caroline schien ziemlich entzückt über die Aussicht, den Ausflug mit Opa zu unternehmen.

Doch dann wandte sie sich mit ernstem Gesicht wieder Mark und Antje zu. «Ich lasse euch nur unter einer Bedingung allein in die Stadt!»

«Und die wäre?»

«Geht auf keinen Fall nach China-Town.»

«Tscheina-was?», fragte Raffi verwirrt.

«Das chinesische Viertel in der Nähe des Hafens, man spricht es englisch aus, eben Tscheina-Taun», erklärte Caroline. «Das ist die größte chinesische Ansiedlung in ganz Europa – dort leben aber nicht nur sehr viele Chinesen, sondern auch allerlei zwielichtige Gestalten. Die Gegend um den Hafen ist extrem gefährlich. In den dunklen, engen Gassen wimmelt es von Leuten, die das Tageslicht scheuen. Ihr dürft unter keinen Umständen nach China-Town», schärfte sie den Kindern ein. «Ist das klar?»

«Kein Problem», meinte Mark. «Wir haben mit Danny am Rembrandt-Platz abgemacht, das ist weit weg von China-Town.»

«Am Rembrandtplein also ... Na schön. Aber seid spätestens am Nachmittag wieder zurück!»

«Okay ...»

«Also dann», sagte Tante Caroline gedehnt. «Gut. Abgemacht.»

«Cool!», rief Raffi. «Du bist voll in Ordnung, Tante!»

Caroline musste grinsen.

Während sie danach mit Opa angeregt über Blumen zu sprechen begann, räumten die Kids den Tisch ab.

In der Küche flüsterte Raffi: «Gleich geht's los zu Danny! Da bin ich ja mal mächtig gespannt!»

Dannys Tipp

4

Zu Fuß gingen die Kinder zu dem Platz in der Stadt, wo sie Danny treffen wollten. Zwockel tippelte ausgelassen neben ihnen her.

Der Weg führte über kleine Brücken und danach eine romantische Gracht entlang.

Antje warf Simon einen Blick zu, und es dauerte nicht lange, bis die beiden Händchen haltend unter den Bäumen dahinschlenderten.

Als den Kids ein älterer Mann entgegenkam, deutete Raffi verschmitzt auf dessen struppige Augenbrauen und säuselte keck: «Oh, die sind aber toll gelockt!»

Alle begannen schallend zu lachen.

Der alte Mann merkte überhaupt nichts davon und stakste unbeirrt weiter.

Ein wenig später eröffnete Mark: «Gleich sind wir da. Dort vorne ist der Rembrandtplein.»

Sie gelangten zu einem großen Platz mit vielen Restaurants und Straßencafés, wo ein malerisches Durcheinander von Touristen und Straßenkünstlern herrschte. Ein Clown schlenderte Leuten hinterher und trieb zur Belustigung der Zuschauer seine Scherze mit ihnen. In der Nähe saßen zwei Musiker auf Klappstühlen – eine Frau mit Cembalo und ein Mann mit Handorgel, der sich beim Spielen seiner klassischen Musik schüttelte wie ein Tobsüchtiger mit nervösen Zuckungen.

Mit Zwockel an der kurzen Leine tauchten die Kinder in das bunte Treiben ein. Mitten in dem Getümmel beobachteten sie eine Frau, die auf einem ausgebreiteten Tuch am Boden saß und Henna-Tattoos anfertigte. Sie war gerade dabei, einer jungen Frau ein braunes Muster auf die Schulter zu malen.

Plötzlich rief Antje: «Da drüben ist Danny!»

Rasch bahnten sich alle einen Weg zu ihm hinüber. Er war ein jugendlich wirkender Typ Mitte zwanzig mit dunklem Kraushaar und einem langen T-Shirt, das über seine ausgebleichten Jeans hing.

«Lange nicht mehr gesehen!», strahlte Mark. Freudig umarmte er seinen Cousin und klopfte ihm auf den Rücken.

Nach der Begrüßung von Antje und den Kids kam Danny gleich zur Sache, da Mark ihm bereits am Telefon geschildert hatte, worum es ging. «Seit ich von den Drogen weg bin, hat sich die Szene stark verschoben», erklärte er. «Eine Disco zum Beispiel, in der ich immer Ecstasy eingeworfen habe, ist inzwischen geschlossen worden. Heute sind es völlig andere Orte, wo der Stoff gehandelt wird.» Er fuhr sich durch sein wuscheliges Haar. «Weil ich mich in der jetzigen Ecstasy-Szene überhaupt nicht mehr auskenne, hab ich auch keine Ahnung, wo man nach Sven suchen könnte.»

«Ach so», seufzte Debora enttäuscht. Die Hoffnung, durch Danny auf Svens Spur zu kommen, zerschlug sich damit gleich wieder.

Doch da sagte Danny: «Vielleicht gibt es trotzdem eine Möglichkeit: Ich arbeite nämlich seit einer Weile mit der Polizei zusammen – die setzt zur Suchtvorbeugung Leute aus der Szene ein, die den Drogenausstieg geschafft haben. Und die erzählen nun in den Schulen, wie sie vom Stoff losgekommen sind. Deswegen habe ich gute Kontakte zum Drogendezernat, besonders zu einem Inspecteur auf der Altstadt-Wache. Wenn ihr wollt, kann ich ihn ja rasch fragen gehen, ob er einen Tipp hat.»

Damit waren die Kids sofort einverstanden – ihre Hoffnung stieg wieder merklich.

Mit Zwockel an ihrer Seite schlenderten sie gemeinsam mit Danny Richtung Stadtmitte. Unterwegs wollte Debora von ihm wissen, wie er denn damals eigentlich süchtig geworden sei.

«Angefangen hat alles auf einer Technoparty», antwortete Danny. «Dort hab ich zum ersten Mal Ecstasy probiert und gemerkt, wie ich damit die ganze Nacht durchtanzen konnte. Dann hab ich immer mehr und mehr davon genommen. Über Monate bin ich ganz langsam in die Sache reingeschlittert, bis ich nicht mehr ohne die Droge sein konnte.» Er schob sich nachdenklich eine Locke aus der Stirn. Danach wies er auf eine Nebenstraße. «Wir müssen da lang.»

Die Kids betraten eine Fußgängerzone mit Läden auf beiden Seiten des Gehwegs, der voller Urlauber war. Zwei Polizisten auf Pferden bahnten sich einen Weg durch die Menge.

«Irgendwann kam ich an einen Punkt», fuhr Danny fort, «wo ich mich entscheiden musste, ob ich nun ein körperliches Wrack sein wollte oder ob ich einen Schlussstrich unter die Sache ziehen sollte.»

«War's so schlimm?», fragte Antje. «Was hat dir denn gefehlt?»

«Ich konnte keinen klaren Gedanken mehr fassen, vergaß dauernd Dinge. Was ich vor fünf Minuten gelesen oder gehört hatte, war gleich wieder weg ... Ich fühlte mich wie ein uralter Mensch. Zudem machte mich der dauernde Schlafmangel total fertig. Ich war ausgelaugt und niedergeschlagen und bin immer tiefer in ein dunkles Loch gefallen. Doch das war noch nicht mal das Schlimmste, denn ...»

Er unterbrach sich, weil eine Gruppe asiatischer Touristen auf sie zukam. Die Kids mussten sich aufteilen, um die Leute links und rechts vorbeizulassen. Dabei bemerkten sie, dass die Straße ein richtiges Einkaufsparadies war. Es gab Läden mit coolen Kleidern, Schuhen, T-Shirts, Gürteln, Kettchen, und auch viele Musikshops mit CDs und Postern von berühmten Rockbands. Unter normalen Umständen hätten die Kids hier liebend gerne ausgiebig in den Läden herumgestöbert. Doch das musste jetzt warten ...

«Ein körperliches Wrack zu sein, war nicht mal das Härteste», erzählte Danny dann weiter. «Noch schlimmer war, dass ich alle Freunde verlor und aus der Lehre rausgeschmissen wurde. Den Führerschein hat man mir auch abgenommen, weil ich beim Fahren unter Drogen erwischt wurde. Dazu hatte ich ständig Stress mit meinen Eltern – sie wollten mir irgendwie helfen, hatten aber keine Ahnung, wie. Bis sie mich schließlich vor die Tür setzten, weil sie auch nicht mehr weiterwussten. Mit der Zeit gingen sämtliche meiner Beziehungen kaputt.»

Die Kinder hörten aufmerksam zu. Sie waren so betroffen, dass sie kaum noch ein Wort herausbrachten.

«Einen Freund von mir hat's noch ärger erwischt», sagte Danny. «Und das, obwohl er nicht mal besonders viele Pillen genommen hatte. Der ist in eine Klinik eingewiesen worden – er hatte Verfolgungswahn und Panikattacken durch die Schädigungen des Gehirns vom Ecstasy. Nun muss er zu seinem eigenen Schutz in der geschlossenen Abteilung leben.»

«Das ist ja furchtbar!» Debora war völlig geschockt.

Simon ging es genauso. Ihm wurde eindringlich bewusst, wie gut es war, dass er damals das Angebot abgelehnt hatte, einmal eine Ecstasy-Pille zu probieren ...

«Wo ist eigentlich Raffi?», fragte Mark plötzlich.

Auf der Stelle blieben alle stehen und schauten sich erschrocken um.

Da entdeckten sie die Kleine ganz in der Nähe. Sie stand wieder einmal vor einem Schaufenster, in dem AMSTERDAM-T-Shirts hingen ...

«Hätten wir uns ja gleich denken können», stöhnte Debora auf.

«Raffi!», rief Simon und winkte ihr zu. «Komm her!»

Widerstrebend trottete sie heran.

«Du musst immer nah bei uns bleiben», schärfte Debora ihr ein. «Sonst verlieren wir dich wirklich mal in dieser Riesenstadt!»

«Ja Pingu!», beschwerte sich die Kleine. «Man wird doch wohl noch T-Shirts angucken dürfen! So eins will ich mir nämlich unbedingt kaufen!»

«Oh Mann ...»

Schmunzelnd schüttelten die Kinder den Kopf.

Danach schlenderten sie weiter die Einkaufsstraße entlang.

«Und dann?» Simon schaute Danny gespannt an. «Wie hast du's denn geschafft, vom Ecstasy wegzukommen?»

«Das war hart», antwortete er. «Aber schließlich hab ich's hinter mich gebracht. Auf einer Party hab ich einem Helfer von meinen Problemen erzählt. Der hat mir einen Drogenberater vermittelt, einen coolen Typen, der mir helfen konnte. Anfangs hatte ich ein extremes Verlangen nach dem Zeug, einen unstillbaren Drang danach. Doch nach einer Weile ließ es zum Glück nach.» Er seufzte beim Gedanken an diese Zeit tief auf. «Am besten lässt man die Finger von so was, das sag ich euch. Wenn man gar nicht erst damit anfängt, kann man sich das alles ersparen.»

Mark und Antje nickten nachdrücklich. Eins war für sie völlig klar: Der Preis, bloß für ein paar Kicks das ganze Leben aufs Spiel zu setzen, wäre viel zu hoch. Auch die Kids hatten ähnliche Gedanken.

Am Ende der Fußgängerzone folgten sie Danny über die weitläufige Fläche des *Dam*, der so etwas wie der Hauptplatz in Amsterdams Stadtmitte war.

Dann bogen sie in eine ruhige Seitenstraße, die Beursstraat, ein.

«Und wie geht's dir denn heute, Danny?», wollte Debora wissen.

«Gut», lächelte er. «Ich mache meine Lehre zu Ende. Konnte sie in einem anderen Betrieb fortsetzen. Und ich lebe in einer Wohngruppe für junge Leute. Da gefällt's mir ganz ordentlich. Ich bin froh, das Ganze einigermaßen heil überstanden zu haben.»

Gleich darauf deutete er auf ein unscheinbares Haus. «Wir sind da. Das ist die Altstadt-Wache!»

Bei der Polizei von Amsterdam

5

Die Wache lag gegenüber von einem riesigen Backsteinbau mit einem enorm hohen Kamin, der in den blauen Himmel hochragte. Vor dem Polizeigebäude standen rot-blau-weiß gestreifte Fahrräder und Roller, drei Motorräder sowie ein Streifenwagen.

Gespannt traten die Kinder beim Haupteingang durch eine Glastür.

Im Empfangsraum ging Danny zum Auskunftsschalter und wünschte Inspecteur Vandenbrink zu sprechen. Der uniformierte Beamte hinter der blauen Holztheke sprach in ein Mikrofon und rief Gerhard Vandenbrink im ganzen Gebäude aus.

Die Kids schauten sich aufmerksam um, während Zwockel sich brav hinsetzte. Gegenüber der Theke standen zwei Stühle, und an der Wand hingen Bilder von gesuchten Verdächtigen. Raffi betrachtete sie mit großen Augen.

Junge Polizistinnen und Polizisten gingen durch die automatische Glasschiebetür ein und aus. Auch andere Leute kamen von der Straße in den Empfangsraum. Sie meldeten sich am Schalter, und einige von ihnen begannen Formulare auszufüllen.

An der Rückwand hing ein Schild mit der Aufschrift

DIT IS EEN ROOKVRIJ GEBOUW – vermutlich einer der Gründe dafür, dass mehrere Besucher vor dem Eingang standen und draußen rauchten, bis sie aufgerufen wurden. In einem rauchfreien Gebäude will man ja keinen Fehler machen, vor allem, wenn die Polizei bereits im Haus ist!

Hinter der ovalen Auskunfts-Theke lag eine aufgeschlagene Zeitung auf der Arbeitsfläche neben dem Telefon und der Computer-Tastatur vor dem Flachbildschirm.

Schließlich ruckte eine der Nebentüren auf.

Ein Beamter in voller Uniform trat in den Raum und kam auf Danny zu. Der Polizist trug ein hellblaues Hemd mit schwarzem Schulterteil, auf dem eine goldene Krone prangte. Vom Gürtel bis zur Schulter zog sich ein Kabel mit Funkgerät, und im Lederhalfter an seiner rechten Hüfte steckte eine metallisch glänzende Pistole. Am Gürtel waren Handschellen und ein Pfefferspray befestigt.

Während die Kids den Mann beeindruckt musterten, begrüßte er Danny freundlich und ging mit ihm zu der Nebentür, durch die er gerade herein gekommen war. Davor zog er eine Karte durch ein Lesegerät, um die Verriegelung zu öffnen.

«Wartet hier auf mich», wies Danny die Kinder an. Dann verschwand er hinter dem Beamten im Innern des Gebäudes.

Danny folgte Inspecteur Vandenbrink durch einen hellen Korridor zum Lift. Sie fuhren ins zweite Stockwerk und betraten das Büro des Inspecteurs. An der Wand hing neben einem Kalender, bei dem das Blatt des laufenden Monats Juli aufgeschlagen war, eine lange Liste von Gesuchten mit Bildern im Passfoto-Format.

Danny setzte sich Vandenbrink gegenüber an dessen Schreibtisch. Er erklärte dem Inspecteur, was er wissen wollte, und beschrieb Sven entsprechend den Merkmalen, die ihm die Kids geschildert hatten.

«Hautfarbe?», fragte Vandenbrink nach. «Das ist sehr wichtig in Amsterdam, weil es so viele Einwanderer gibt. Sonst noch irgendwelche besonderen Kennzeichen?»

«Ein Weißer», antwortete Danny. «An einem Ohr hat er mehrere Piercing-Stecker, und auch an den Brauen und der Unterlippe sind welche. Sehr helle Augen mit stechendem Blick. Und meist hat er eine Kapuze auf.»

Der Beamte machte sich auf einem Block Notizen. Man sah ihm am Gesicht nicht an, was er dachte. Er war sehr aufmerksam, aber zurückhaltend, und hörte vor allem zu. «Wie viele Ecstasy-Tabletten», wollte er nach einer Weile wissen, «hatte dieser Sven in dem Dorf bei sich?»

Als Danny ihm sagte, dass es eine beträchtliche Menge war, nickte der Inspecteur ernst.

Danny räusperte sich. «Und da ist offenbar noch ein weiterer Typ mit im Spiel, hier in Amsterdam. Ein gewisser Henk, der vermutlich etwas höher in der Rangordnung steht.»

Beim Namen Henk hob sich Vandenbrinks Augenbraue leicht. Der Inspecteur wirkte plötzlich noch eine

Spur aufmerksamer als sonst. «Von wem hast du diese Informationen, Danny?»

«Von meinem Cousin, meiner Cousine und deren Freunden, die ferienhalber in der Stadt sind.» Danny fiel auf, wie hellhörig Vandenbrink auf einmal war. «Ich hab mir gedacht, unter Verwandten mache ich diesen kleinen Freundschaftsdienst und erkundige mich mal ...»

Der Inspecteur beugte sich vor und holte mit einigen Mausklicks eine Datenbank auf den Computer-Bildschirm. Während Aufnahmen von Jugendlichen und jungen Männern aller Hautfarben erschienen, brummte er: «Die Amsterdamer Polizei verfügt zwar über 5800 Beamte, aber sie kann trotzdem nicht alle Kriminellen erfassen ...» Eine Weile lang ließ er die Fotos, die mit Namen, Personenbeschreibungen und Fingerabdrücken versehen waren, über den Bildschirm gleiten, um nachzusehen, ob Sven dabei wäre. «Das sind alles polizeilich Erfasste», erklärte er. «Leute, die unter dringendem Tatverdacht von Drogendelikten festgenommen und erkennungsdienstlich behandelt wurden. Wenn dieser Sven noch nie verhaftet wurde, dann ist er auch nicht in unserer Kartei.»

Das Ende der Liste war erreicht. Tatsächlich fand sich kein Eintrag, der auf Sven gepasst hätte. «Nicht dabei, tut mir leid», murmelte Vandenbrink.

«Schade ...» Danny stand auf. «Aber einen Versuch war's wert.»

«Auf alle Fälle», lächelte der Inspecteur. «Komm immer auf mich zu, wenn du was hast.» Er schob ein Kärtchen über den Tisch. «Hier ist meine Handy-Nummer drauf. Du kannst mich jederzeit erreichen, falls du was über Sven oder Henk rausfinden solltest – Tag und Nacht!»

Mit leisem Erstaunen über Vandenbrinks außergewöhnliches Angebot bedankte sich Danny, schüttelte dem Polizisten die Hand und verließ das Büro.

Kaum war er weg, griff der Inspecteur zum Telefon.

«Vandenbrink», meldete er sich. «Ich muss dich unbedingt sehen. Gleich jetzt in der Bar am Beurs-Plein. Es ist wichtig. Ich habe Informationen. Es eilt!»

Draußen vor der Wache schlenderte Danny mit den Kids zum großen Börsenplatz in der Nähe des Polizeigebäudes, dem Beurs-Plein. Dort gab es viele Bäume, einen Brunnen und Sitzbänke. Im Schatten einer riesigen Baumkrone berichtete Danny, dass er leider nichts herausgefunden hatte.

Die Kinder konnten ihre Enttäuschung kaum verbergen.

«Was machen wir denn nun?»

«Keine Ahnung», murmelte Simon. «Wenn ich das wüsste ...»

Mark fächelte sich Luft zu, denn es war schon wieder extrem heiß. «Gehen wir erst mal was trinken», schlug er vor. «Vielleicht fällt uns dann was ein.»

«Ja, und was zu essen wär auch nicht schlecht», meinte Antje. «Mittag ist schon vorbei. «Lasst uns da drüben was aus der Mauer ziehen, okay?»

«Was?», staunte Raffi. «Aus der Mauer ziehen?»

«Kennt ihr das nicht?», fragte Danny. «Dann nichts wie los!»

Sie gingen über den Platz zu einem Imbiss mit dem Namen De Lekkerste. Der Laden bestand aus einer Theke, an der Pommes und Getränke verkauft wurden. Und gleich daneben gab es eine Wand mit zahlreichen kleinen Glasfächern, in denen Hamburger und weitere Snacks lagen, die man nach dem Einwerfen von Münzen wie aus einem Automaten ziehen konnte.

Verwundert lasen die Kids die Aufschriften der einzelnen Angebote. Da gab es eine *Overheerlijke röstirol*, die noch dazu *gevuld met roomkaas* war, also eine Röstirolle gefüllt mit Rahmkäse, und *Kipburger*, wobei es sich um Chicken-Burger handelte.

Doch Antje und Mark empfahlen den Kids eine einheimische Spezialität: «Ihr müsst unbedingt die ‹Kroketten› versuchen!»

«Kroketten?» Erstaunt schaute Simon sie an. «Reichen denn ein paar Kartoffelkroketten zum Mittagessen?»

«Nein», lachte Antje. «Das sind nicht diese kleinen Kartoffelstäbe, wie man sie bei uns kennt, sondern was ganz anderes! Außen eine gebackene Teigkruste, innen eine leckere, warme Fleischfüllung – wir können nie genug davon kriegen, wenn wir hier in Amsterdam sind!»

«Okay, du hast uns überredet», schmunzelte Debora.

Alle Kinder warfen eine der Münzen ein, die Caroline und Opa ihnen für eine Zwischenverpflegung mitgegeben hatten. Beim Öffnen des Fachs strömte heißer Frittierduft heraus.

Danny, der wie alle Holländer auch ein *Kroketten*-Fan war, zog sich ebenfalls eine aus der Mauer. Er brach ein Stück davon ab und warf es vor Zwockel zu Boden, der neugierig daran zu schnuppern begann. Auf dem Pflaster neben dem Collie spazierten Tauben herum und pickten seelenruhig heruntergefallene Krümel auf.

Während die Kinder ihre *Kroketten* aßen, bemerkte Danny plötzlich, wie Inspecteur Vandenbrink am anderen Ende des Platzes aus der Polizeiwache kam, nach links und rechts schaute und zu einer Bar am Beurs-Plein eilte. Bevor er eintrat, blickte er sich noch einmal kurz um. Doch Danny sagte den Kids nichts davon, sondern beobachtete den Beamten weiter durch die Glasscheibe der Bar.

Inspecteur Vandenbrink setzte sich an die Bar-Theke neben einen jungen Mann mit langen, dicken Rastalocken. Unter der wilden Mähne trug er ein ärmelloses Shirt und eine weite Jogginghose. Goldene Kettchen baumelten glitzernd über seiner dunkelbraunen Haut.

Der Polizist sprach kaum hörbar und schaute beharrlich geradeaus. Auch der Rasta blickte ihn nicht an.

«Snupy, mach dich auf die Suche nach Henk», murmelte Vandenbrink leise. «Ich will so schnell wie möglich mit ihm Kontakt aufnehmen. Es ist dringend!»

Der Inspecteur zündete sich eine Zigarette an, obwohl er sonst nie rauchte. Die Streichhölzer ließ er auf dem Tresen liegen. Auf die Oberseite der kleinen Schachtel waren handschriftlich einige Worte gekritzelt.

«Okay, wird gemacht, Mann», nuschelte der Rasta.

«Gib mir bitte umgehend Bescheid!», betonte der Beamte. «Sobald du ihn gefunden hast!»

Vandenbrink legte einen Geldschein auf die Theke und eilte zum Ausgang. Bevor er die Bar verließ, schaute er sich noch einmal vorsichtig um.

Kaum war er auf dem Börsenplatz verschwunden, steckte der Rasta die Streichholzschachtel unauffällig ein und trank sein Glas aus.

«Ich muss jetzt los», sagte Danny beim Imbiss DE LEKKERSTE und verabschiedete sich von den Kids.

«Vielen Dank, dass du gekommen bist!», riefen sie ihm nach. «War schön, dich kennen zu lernen!»

Sie sahen ihm noch eine Zeitlang hinterher. Dabei fiel ihnen nicht auf, dass Danny jemandem folgte.

Der junge Rasta-Mann war inzwischen aus der Bar getreten und schlenderte nun eine Gasse entlang Richtung Altstadt. Unbemerkt heftete Danny sich an seine Fersen.

Derweil warfen die Kids die Tüten ihrer aufgegessenen *Kroketten* in den Mülleimer vor der Frittenbude. «Wie soll's denn jetzt weitergehen?», fragte Simon.

Debora sah Antje an. «Kennt ihr außer Danny noch jemanden, der uns vielleicht helfen könnte?»

«Nicht dass ich wüsste ... Er ist der Einzige.»

«Und wenn wir Sven auf eigene Faust suchen würden?», schlug Raffi vor. «Wir könnten ja in der Gegend beginnen, wo ich ihn gesehen habe.»

«Keine Chance.» Mark schüttelte entschieden den Kopf. «Amsterdam ist so groß, da wäre es völlig aussichtslos, einen einzelnen Jungen in dem Gebiet zu suchen – wie die Nadel im Heuhaufen.»

«Wir *müssen* ihn aber finden», murmelte Simon bedrückt. «Wenn wir nicht wissen, wo er ist und an welchen Orten er sich rumtreibt, können wir das Problem nie lösen. Doch das müssen wir irgendwie, sonst geraten wir in große Schwierigkeiten! Nicht auszudenken, wenn Sven plötzlich in unserem Dorf auftaucht, mit noch größerer Verstärkung als letztes Mal ...»

«Oh-oh!» Raffi fröstelte trotz der sengenden Hitze. «Bloß das nicht!»

In diesem Augenblick klingelte Marks Handy. Er meldete sich und sagte erstaunt: «Danny? Was ...?»

Eine Weile lang hörte er nur zu. Dann beendete er die Verbindung und erklärte: «Wir sollen zum Nieuwmarkt kommen! Danny ist sich nicht sicher, aber es könnte sein, dass er Sven gefunden hat!»

«Na, das ist ja ein Knaller!», rief Debora. «Also, nichts wie hin!»

Aufgeregt machten sich die Kinder sofort auf den Weg.

Auf Svens Spur

6

Auch der Nieuwmarkt war ein großer Platz mit lebhaftem, buntem Treiben. Die Kids schauten sich suchend um, doch in dem Gewimmel von Marktständen, Straßencafés und Menschen konnten sie Danny nirgends entdecken.

«Wir sind jetzt in der Nähe des Hafens», sagte Antje. «Und da drüben ...», sie zeigte auf ein angrenzendes Viertel, «dort beginnt China-Town, gleich hinter den Häusern da ...»

«Das verbotene Viertel», murmelte Raffi mit einem mulmigen Gefühl.

Plötzlich sah Simon in einem abgewandten Hauseingang jemanden winken. «Da ist Danny!»

Rasch drängten sich die Kinder zwischen den Leuten hindurch und hielten Zwockel an der kurzen Leine, damit sie ihn in dem Gewühl nicht verloren.

Bei Danny angekommen, hatten sie im Schutz der Mauer einen guten Blick über den Platz, ohne selbst gesehen zu werden.

Danny wies auf zwei Jungs in einem Straßencafé. Einer davon trug eine Kapuze, doch er hatte sie so tief ins Gesicht gezogen, dass man ihn nicht richtig erkennen konnte.

«Er könnte es sein», meinte Debora. «Ich geh mal näher ran.»

«Aber pass auf, dass er dich nicht bemerkt!», warnte Simon. «Er weiß doch, wie du aussiehst – er kennt uns ja alle drei.»

«Stimmt. Ich geb Acht.» Vorsichtig trat sie aus dem Hauseingang und huschte hinter einen Marktstand. Von dort hatte sie einen besseren Blickwinkel.

Dann kam sie aufgeregt zurück. Die anderen schauten sie gespannt an.

Debora pustete sich eine Strähne aus der Stirn und holte tief Luft. «Er ist es!»

«Bingo!» Mark klopfte seinem Cousin anerkennend auf die Schulter.

«Echt klasse, Danny», doppelte Simon nach. «Ohne dich hätten wir Sven nie gefunden! Wie hast du das denn geschafft?»

«Ganz einfach», lächelte Danny. «Ich habe vorhin beobachtet, wie der Inspecteur in einer Bar am Beurs-Plein einen verdeckten Polizei-Informanten getroffen hat. Die Polizisten suchen nie selbst nach Verdächtigen in der Drogenszene, sondern lassen das von Leuten aus der Spezialeinheit CIE erledigen – die arbeiten getarnt, also nicht in Uniform. Ich habe nichts weiter getan, als dem Informanten zu folgen. Er sitzt übrigens da drüben, am Nebentisch von Sven und seinem Kumpel.»

«Wo? Ich seh da bloß einen ausgeflippten Typ mit Rastalocken.»

«Ja. Das ist er.»

«Was? Ein Rasta als Polizist?!» Die Kids konnten es kaum glauben.

Gleichzeitig wurde ihnen klar, dass sie nur dank Dannys besonderem Wissen über die Vorgehensweise der Polizei auf Svens Spur stoßen konnten – alleine hätten sie nicht die geringste Chance gehabt ...

«So, jetzt muss ich wirklich los», sagte Danny. «Ich halte eine Vortragsreihe für eine Schulklasse, die auf Klassenfahrt in Amsterdam ist. Wenn ihr mich noch mal braucht, meldet euch. Aber was immer ihr vorhabt, seid vorsichtig! Es ist sehr gefährlich in der Drogenszene. Mit diesen Leuten ist nicht zu spaßen, vergesst das nie!»

Er schaute die Kinder eindringlich an. Dann verabschiedete er sich endgültig, umarmte Antje und Mark und verschwand um die Ecke.

Aus ihrem Versteck beobachteten die Kinder, wie Sven und sein Kumpel in dem Straßencafé in ein Gespräch vertieft waren.

Während Sven wie immer nervös und gehetzt wirkte und keine Sekunde stillsitzen konnte, war sein Freund die Ruhe selbst. Er sah mit seinen Locken und seiner gebräunten Haut auffallend gut aus und hätte ohne weiteres ein amerikanischer Filmschauspieler sein können. Das eine Bein hatte er locker auf den Nebenstuhl gelegt, was niemanden zu stören schien.

«Worüber sprechen die wohl?», murmelte Debora.

Mark schaute sie an. «Ich könnte mal rübergehen und mich an den freien Tisch neben ihnen setzen. Mich kennt Sven ja nicht.»

«Das würdest du tun?»

«Na klar, es gibt Schlimmeres, als in einem Café was zu trinken!»

«Gut», meinte Simon. «Vielleicht schaffst du's, die beiden zu belauschen.»

«Aber sei vorsichtig, Mark», sagte Antje besorgt.

«Mir wird schon nichts passieren!»

Als er sich auf den Weg über den menschenüberströmten Platz machte, war Mark aber trotzdem ein bisschen aufgeregt.

Raffi blickte ihm bange hinterher und zog Zwockel an der Leine ganz nah zu sich.

Um die Hausecke verfolgten die Kids gespannt, wie Mark ins Straßencafé trat und sich unauffällig an den Tisch in der Nähe von Sven setzte.

Mark bestellte sich eine *Chocomel* und lehnte sich in seinem Stuhl zurück, als würde er die Sonne genießen. Obwohl die Geräusche und das Stimmengewirr auf dem Nieuwmarkt ziemlich laut waren, konnte er das Gespräch nebenan verstehen.

«Wo hast du bloß gesteckt die letzten Tage?», fragte Svens Freund gerade.

«Ich war in U-Haft ...»

AMSTEL
JORDAAN

«In U-Haft? Hast du was über unsere ‹Firma› verraten?»

«Es ist was schiefgelaufen, Henk», murmelte Sven unter seiner Kapuze hervor.

«Und ich dachte, ich könnte mich auf dich verlassen, Sven. Hast du irgendwelche Namen genannt?»

«Nein, natürlich nicht! Ich kenne doch die Regeln unserer Organisation.»

Erleichtert nickte Henk. «Na, wenigstens etwas. Und wie steht's mit dem Geld für die Ecstasy-Lieferung?»

«Das ist ja eben das Problem: Die Kunden in dem Dorf haben nicht bezahlt», antwortete Sven. «Aber easy, Mann, ich krieg das wieder hin.»

Henk lächelte ihn kühl an. «Umso besser für dich. Der Boss will nämlich Kohle sehen! Er gibt dir noch genau drei Tage Zeit. Dann stehst du mit dem Geld auf der Matte. Entweder du treibst es hier in Amsterdam auf, oder du gehst noch mal zurück in das Dorf und kassierst da ein. Und wenn du dann schon mal dort bist, verpasst du den Typen da gleich noch eine saftige Abreibung – man verschaukelt uns nicht ungestraft ...»

«Alles klar, du kannst dich auf mich verlassen, Henk.» Sven versuchte cool zu wirken, obschon er sich fragte, ob er die Sache in dieser kurzen Zeit auf die Reihe kriegen würde.

«Das freut mich zu hören, Sven. Denn du kennst ja die eiserne Regel: Unsere Partner zahlen pünktlich, und da bist du keine Ausnahme ...» Henks Stimme nahm einen bedrohlichen Ton an. «Du weißt ja, was in unserer Firma mit Mitarbeitern geschieht, die ihren Verpflichtungen nicht nachkommen ...» Dann lachte er Sven mit leuchtend weißen Zähnen aufmunternd an. «Also, enttäusch mich nicht!»

«Wird gemacht, Henk, hundertpro. Schließlich bist du mein Freund.»

«Dein *bester* Freund.» Henk stand auf und gab Sven grinsend einen Klaps an den Hinterkopf. «Morgen bist du zur selben Zeit wieder hier. Für einen Zwischenbericht. Punkt vierzehn Uhr.»

«Okay ...»

Während Henk locker davonschlenderte, griff Sven nach seinem Glas und trank einen Schluck. Früher, überlegte er, war Henk fast wie ein großer Bruder zu ihm gewesen, ganz anders als heute. Trotzdem war Henk noch immer sein bester und einziger Freund. Er wollte ihn nicht verlieren und hoffte, dass ihre Freundschaft wieder so wie einst werden würde, wenn er die Schulden bei der ‹Firma› getilgt hätte.

Nachdenklich rührte er mit dem Strohhalm in seinem Glas. Im Grunde genommen sah er keine Zukunft mehr in dem Leben, das er führte. Seine Beschwerden wegen des Ecstasy machten ihm je länger je mehr zu schaffen. Die ständigen Stimmungsschwankungen, die Schlaflosigkeit, die miese Laune, wenn er von der Droge runterkam, mit dem einzigen Ausweg, eine neue Pille einzuwerfen, um wieder gut drauf zu sein ... Dazu kamen in letzter Zeit auch zunehmend Vergesslichkeit und Verwirrung, und weil die Wirkung nachließ, musste er laufend noch mehr einwerfen.

Er wollte aus den Drogen raus. Und damit auch gleich aus dem ganzen Geschäft.

Bald.

Davor musste er nur noch den Auftrag der Firma erledigen. Sonst würden sie ihm auf die Pelle rücken. Überall – egal, wo er hinginge, sie würden ihn finden ... Ihm wurde bleischwer bewusst, dass es alles andere als einfach war, sich aus den Verstrickungen zu lösen, in die er als Drogenhändler geraten war. Durch die Ungesetzlichkeit der Sache entstanden Zwänge und Abhängigkeiten, vor allem von der Firma ...

Vielleicht hätte er sich damals nach der Schule doch länger nach einer Arbeit umsehen müssen, obwohl es im ganzen Land nur so wenige freie Stellen gab. Etwas mehr Geduld, anstatt das schnelle Geld zu suchen, wäre vielleicht besser gewesen ...

Noch hatte er zwar keine Ahnung, was er nach seinem Ausstieg aus dem Drogenhandel tun würde. Am liebsten hätte er seine Berufsausbildung nachgeholt und ein geregeltes Leben geführt. Aber ob er das je schaffen würde?

Von ihrem Versteck aus sahen die Kids, wie Sven bezahlte und aufstand.

«Und jetzt?», fragte Raffi aufgeregt.

«Wir müssen ihm folgen!», stieß Simon hervor. «Um rauszufinden, wo er hingeht!»

«Vielleicht verzieht er sich ja sogar zu sich nach Hause», meinte Debora. «Und dann wüssten wir, wo er wohnt!»

«Also, nichts wie los!», fieberte Antje.

Eilig überquerten sie mit Zwockel den Platz und winkten Mark zu. Er bezahlte hastig seine *Chocomel* und schloss sich den Kids an.

Sven schlenderte eine Gasse entlang, die zusehends schmaler wurde.

Die Kinder folgten ihm mit genügend Abstand. Unterwegs berichtete Mark in Kürze, was er von dem Gespräch zwischen Sven und Henk belauscht hatte.

«Dann könnte es also wirklich sein, dass Sven in unser Dorf zurückgeht», stellte Simon ernst fest.

«Und uns eine ‹saftige Abreibung› verpasst ...» Debora schauderte. «Wir lagen mit unserer Befürchtung leider richtig!»

Plötzlich kam ihnen eine japanische Urlaubergruppe entgegen. Die vielen Leute verstopften den Durchgang, da sie stehen blieben und alles fotografierten.

Als die Kids sich endlich durch die Menge hindurchgezwängt hatten, rannten sie ans Ende der Gasse.

Doch dort konnten sie nur noch mitansehen, wie Sven in eine Straßenbahn stieg und davonfuhr.

«Oh nein!», stöhnte Raffi, während alle der wegratternden Bahn nachschauten.

Debora seufzte niedergeschlagen auf. «Jetzt hatten wir ihn endlich gefunden, und nun das!»

«So was gibt's doch nicht ...» Verzweifelt schüttelte Simon den Kopf. «Das darf doch einfach nicht wahr sein!»

«Wartet mal, wartet mal», sagte Mark aufgeregt. «Mir fällt da was ein! Henk hat von Sven verlangt, morgen um zwei wieder in das gleiche Café zu kommen!»

«Echt?» Debora sah ihn hoffnungsvoll an. «Dann haben wir Sven ja vielleicht doch nicht ganz verloren!»

«Stimmt», nickte Antje. «Wir könnten die Spur morgen wieder aufnehmen. Und dann finden wir vielleicht auch raus, wo Sven wohnt!»

«Okay, das machen wir», sagte Simon. «Heute können wir nichts mehr ausrichten – aber morgen hängen wir uns wieder an ihn dran!»

Auf dem Heimweg überquerten sie den riesigen Dam-Platz und bogen in die Einkaufsstraße mit den vielen Läden ein.

Kurz darauf blieb Raffi vor einem Shop mit AMSTERDAM-T-Shirts stehen. «Ich möchte unbedingt da rein – wartet ihr so lange hier?»

«Nicht jetzt», winkte Simon ab. «Wir gehen dann mal richtig shoppen, und ...»

«Bitte, bitte!», bettelte die Kleine.

«Na schön», schmunzelte Debora. «Wenn's sein muss! Aber mach schnell!»

«Gebongt!»

Während die Kleine in dem Laden verschwand und Simon sich mit Antje zu unterhalten begann, wandte Debora sich an Mark.

«Wie läuft es eigentlich mit eurem Stiefvater?», erkundigte sie sich. Denn der richtige Vater von Antje und Mark war bei einem Verkehrsunfall ums Leben gekommen, weshalb die beiden jetzt einen Stiefvater hatten – doch der, Alexander Portmann, war früher so stark von Alkohol abhängig gewesen, dass er sich mitunter völlig vergaß und die Kinder schlug.

«Alexander war inzwischen in einer Entzugsklinik», erzählte Mark. «Der Entzug war extrem hart für ihn, aber danach hat er sich gut erholt und ist wieder zur Arbeit in sein Hotel zurückgekehrt. Doch er hat immer noch an sich zu arbeiten, er besucht jetzt eine Entwöhnungs-Therapie. Er weiß, dass er nie wieder auch nur einen einzigen Schluck Alkohol trinken darf, sonst könnte das Ganze gleich wieder von vorne losgehen.»

«Und ... schlägt er euch nicht mehr – so wie früher?»

«Nein, das hat er zum Glück nie wieder getan.»

«Da bin ich echt froh», seufzte Debora erleichtert. «Das war ja wirklich schlimm für euch.»

«Ja, das war's ...»

In diesem Augenblick trat Raffi mit einem verschmitzten Grinsen im Gesicht aus dem Geschäft und zeigte stolz ihre Beute vor: ein dunkelblaues T-Shirt, das vorne und hinten mit einem geschwungenen AMSTERDAM-Aufdruck verziert war.

«Woa!» Simon zwinkerte der Kleinen zu. «Ganz schön cool!»

Als die Kinder nun weiter die Fußgängerzone entlanggingen, dachte Simon noch einmal darüber nach, wie wichtig es wäre, Sven auf die Spur zu kommen. «Hoffentlich ist er morgen dann auch wirklich in dem Straßencafé», murmelte er.

«Ja, und hoffentlich können wir uns wieder von Caroline loseisen», fügte Debora hinzu.

Bei diesem Stichwort fiel Antje schlagartig etwas ein.

«Wir müssten doch bereits zu Hause sein!» Rasch holte sie ihr Handy hervor und rief Caroline an, um ihr mitzuteilen, dass sie sich etwas verspäteten. Gleichzeitig entschuldigte sie sich dafür und sagte dann überrascht: «Echt? Ja, okay. Bis nachher.»

Die anderen blickten sie fragend an.

«Opa und Caroline sind immer noch auf dem Blumenmarkt», verkündete Antje. «Wir sollen auch hinkommen.»

«Was haben die denn dort so lange gemacht?», fragte Mark erstaunt.

«Das wird Tante Caroline uns selbst erklären. Wir sind ja gleich da.»

Einsatz-Besprechung

7

Am Ende der Einkaufsstraße gelangten die Kids zu einem hohen, altertümlichen Turm, der gerade ein lustig bimmelndes Glockenspiel von sich gab – der Münzturm, ein Wahrzeichen von Amsterdam.

Simon schaute Antje und Mark an. «Habt ihr vielleicht eine Idee, wie wir uns vor Carolines morgigen Ausflugsplänen retten könnten?»

Antje nickte. «Mir schwebt da was vor, das möglicherweise klappen könnte ...»

Gleich um die Ecke begann der große Blumenmarkt. An den malerischen Ständen dem Fluss entlang gab es Tulpenzwiebeln, Blumen in allen Farben, kleine Palmen, wild wuchernde Grünpflanzen, Kakteen in den seltsamsten Formen ... Man kam fast nicht mehr aus dem Staunen heraus.

An einem Tulpenstand trafen die Kids auf Opa und Caroline. «Ein herrlicher Tag!», schwärmte die Tante. «Wir waren richtig schön mittagessen in einem romantischen Restaurant am Wasser. Und von den Blumen hier kann sich Hermann kaum mehr trennen – es ist aber auch wirklich wunderschön!»

«Stimmt», schmunzelte der alte Mann. «Die vielen Düfte, die lebensfrohen Geräusche – und dann noch diese bezaubernde Begleitung, die mir alles so eindrücklich schildert ...»

«Holla!» Verschmitzt rollte Raffi mit den Augen.

Antje stellte sich zu Caroline und lächelte sie lieb an. «Du, Tante», begann sie in überraschend süßem Ton. «Hast du nicht gesagt, man müsste das Deck des Hausboots wieder mal schrubben? Oder wärst du vielleicht froh, wenn wir Einkäufe für dich machen würden?»

«Was wollt ihr?», entgegnete Caroline ohne Umschweife. «Immer wenn ihr so kommt, wollt ihr doch irgendwas!»

«Na ja», murmelte Mark. «Es wäre schön, wenn wir morgen wieder mit unseren Freunden ...»

«Ich verstehe ja, dass ihr auch mal ohne uns Erwachsenen etwas unternehmen möchtet. Und ich find's toll, dass ihr so gut mit euren Freunden auskommt.»

«Aber?»

«Ich habe bereits Fahrräder gemietet, um morgen einen gemeinsamen Ausflug in die Stadt zu machen.»

«Oooch ...», seufzte Antje.

«Na, na, na», meinte Opa. «Es wird bestimmt nett mit den Rädern. Caroline hat extra ein Tandem aufgetrieben, damit ich auch mit von der Partie sein kann!»

Raffi sah ihn verwirrt an. «Ein Tha-und-Em?»

«Ein Tandem», grinste Simon. «Das ist ein Rad mit zwei Sätteln.»

«Echt?», rief Raffi. «Das wird aber lustig – Opa auf 'nem Doppelrad!»

Mark blickte seine Tante an. «Aber wäre denn nicht *beides* möglich? Am Morgen der Fahrradausflug, und am Nachmittag hätten wir dann Zeit für uns alleine?»

Auf dem Gesicht der alten Dame breiteten sich

Lachfältchen aus. «Na schön, das ist ein Vorschlag», schmunzelte sie. «Abgemacht!»

«Klasse!»

Sobald sich die Erwachsenen abwandten, klopften die Kids Mark und Antje auf die Schultern. «Das habt ihr toll hingekriegt, Leute!»

An einem Marktstand kaufte sich Opa einige Beutel Tulpenzwiebeln ganz besonderer Sorten – etwa Papageientulpen – und dazu einen bunten Blumenstrauß für Caroline. Danach machten sich alle auf den Weg nach Hause.

Kaum hatten sie den Blumenmarkt verlassen, nahm Großvater die Kids ein wenig beiseite.

«Ihr habt also schon wieder was Geheimnisvolles los morgen», brummte er. «Erkundet ihr einfach die Stadt lieber ohne uns, oder gibt es einen bestimmten Grund für euer emsiges Treiben?» Über sein altes Gesicht huschte ein leises Schmunzeln. «Wahrscheinlich werdet ihr wohl kaum stundenlang die Bilder im Van-Gogh-Museum bestaunen, oder?» Dann wurde er wieder ernst. «Hört mal, ich trage die Verantwortung für euch, schließlich bin ich ja eigens zu eurer Sicherheit mitgefahren. Also, was ist los?»

«Na, ja», druckste Simon herum. «Es hat schon einen bestimmten Grund ...» Er wollte nicht zu viel verraten, weil Opa sonst vielleicht dagegen wäre, dass sie der Sache mit Sven weiter nachgingen.

«Na bitte.» Opa nickte nachdenklich. «Hab ich mir doch fast gedacht, dass da was im Busch ist. Aber ich muss wissen, worum es geht. Kommt heute Abend nach dem Essen auf mein Zimmer. Dann unterhalten wir uns darüber.»

«Okay», murmelte Debora. Sie hegte zwar ebenfalls gewisse Befürchtungen, doch wenn Opa dieses Gespräch verlangte, hatten sie keine andere Wahl. Zudem wäre es vielleicht gar nicht so schlecht, mit Großvater über das Ganze zu sprechen, denn er hatte schon oft einen guten Rat für sie gehabt, wenn sie in einer schwierigen Lage waren.

Hinter ihnen verkündete Tante Caroline soeben lautstark: «Antje und Mark, ich hab noch eine Überraschung für euch! Heute Abend gehen wir drei zu Onkel Johan!»

«Au ja!», rief Antje. «Unser Lieblingsonkel! Den besuchen wir immer so gerne, wenn wir in Amsterdam sind!»

Zur gleichen Zeit saß in der Altstadt-Wache Inspecteur Vandenbrink in seinem Büro. Ihm gegenüber nahmen ein junger Beamter und eine gut aussehende Polizistin Platz. Die beiden gehörten zu Vandenbrinks Team und trugen dieselbe Uniform wie er, nur ihre Schulterabzeichen waren anders: Der junge

Beamte hatte den Rang eines *Hoofdagent*, was so viel wie ‹Hauptagent› bedeutet, und dessen blonde Vorgesetzte besaß das Dienstzeichen eines *Brigadier*, sie war somit direkt Vandenbrink unterstellt.

Der Inspecteur schaltete an seinem Tischtelefon den Lautsprecher ein, damit alle drei mithören konnten, wie der Rasta-Mann von der CIE-Spezialabteilung Bericht erstattete.

«Dieser Henk und sein Kumpel Sven», erklärte der Anrufer gerade, «scheinen zu einem Ecstasy-Händlerring in Amsterdam zu gehören, wobei Henk offenbar höher in der Rangordnung steht als Sven.»

Auf seinem Stuhl knabberte Hoofdagent Kees Boom Erdnüsse aus einer Tüte und knisterte dabei ständig mit dem Beutel.

«Hör auf damit, Kees», wies Vandenbrink ihn an. «Sonst hört man ja gar nichts!» Dann wandte er sich wieder an den Rasta-Informanten. «Okay, mach weiter, Snupy!»

«Viel mehr hab ich nicht», drang Snupys Stimme aus dem Lautsprecher. «Außer vielleicht 'nen kleinen Tipp: Morgen um vierzehn Uhr treffen sich Henk und Sven wieder in dem Café am Nieuwmarkt.»

«Gute Arbeit, Snupy!», lobte der Inspecteur.

«Gern geschehen – mit Empfehlung des Hauses.»

«Dann auf ein anderes Mal, Snupy. Mach's gut!»

«Danke, Mann», antwortete der Rasta und legte auf.

Vandenbrink schaute die blonde Polizistin an. Lilly Bezemer war Mitte zwanzig und hatte ihr langes Haar zu einem Zopf gebunden.

«Neulich», begann der Inspecteur, «ist mir was zu Ohren gekommen über einen gewissen Henk, aber ich hab nicht gewusst, dass der mit so großen Mengen handelt. Wenn wir durch Dannys Hinweis auf die Spur von diesem Henk – und seinen Hinterleuten – stoßen, könnten wir zweifellos einen dicken Fisch an Land ziehen. Bei solchen Größenordnungen ist ja zwangsläufig ein bedeutender Ecstasyring im Spiel.»

«Ach ja?», fragte Kees Boom. Er war neu in der Abteilung und mit den Verhältnissen in der Amsterdamer Drogenszene noch nicht vertraut.

Inspecteur Vandenbrink nickte. «Wir wissen, dass vor Ort einige große Ringe am Werk sind.»

«Amsterdam wird nicht umsonst die ‹Welthauptstadt des Ecstasy› genannt», erklärte Lilly Bezemer. «Rund neunzig Prozent aller Ecstasy-Tabletten der gesamten Welt stammen aus den Niederlanden.»

«Unglaublich ...», staunte Boom und knabberte weitere Erdnüsse. Er war schlank, geradezu hager, und baumlang.

«Unglaublich, aber wahr», sagte Vandenbrink. «Amsterdam ist eine internationale Drehscheibe, weil die Stadt geografisch gut gelegen ist für viele Länder. Großhändler kommen aus Nord- und Westeuropa, England und sogar Australien und Amerika. Die kaufen hier zu ‹Großmarkt-Preisen› günstig ein und verkaufen den Stoff dann in ihren Ländern teurer weiter.»

«Und für diese Entwicklung», ergänzte Lilly Bezemer, «kann Amsterdam noch nicht mal viel dafür, denn Handel und Herstellung von Ecstasy werden hier wie bei jeder harten Droge streng geahndet und verfolgt – nur bei weichen Drogen herrscht eine Ausnahmeregelung.»

Der Inspecteur erhob sich.

Kees Boom und Lilly Bezemer verstanden sofort, dass die Unterredung damit beendet war.

«Morgen sehen wir uns um neun im Besprechungszimmer», ordnete Vandenbrink an. «Dann erörtern wir, wie wir vorgehen wollen, um diesem Henk und seinen Leuten das Handwerk zu legen.»

Nach dem Abendessen gingen die Kids wie vereinbart in Opas Zimmer. Zwockel legte sich friedlich auf den Teppichboden, und die Kinder setzten sich aufs Bett gegenüber von Opa, der in einem bequemen Polstersessel saß.

Nachdem sie ihm das Wichtigste erzählt hatten, sagte Großvater erstaunt: «Sven ist hier in Amsterdam?»

«Das ist nicht so überraschend», antwortete Debora. «Wir wussten ja schon in unserem Dorf, dass er mit einem Typen aus Amsterdam telefoniert hat.»

Opa legte sein Gesicht in Falten. «Eigentlich ist es ganz klar: Man müsste die Polizei einschalten», brummte er. «Aber ... solange keine Beweise gegen Sven vorliegen, kann er nicht überführt werden. Also würde es auch nichts nützen, die Polizei zu benachrichtigen.»

«Wir sind ganz nah an ihm dran», warf Simon ein. «Vielleicht stoßen wir schon bald auf Beweise!»

«Am liebsten wäre mir, ihr würdet die Finger davon lassen», murmelte Großvater. «Das wäre am sichersten.»

«Aber dann ...»

«Ich weiß.» Opa nickte. «Sven wird sein Geld auftreiben wollen, egal wie. Es ist nur eine Frage der Zeit, und dann wird's gefährlich.»

«Auweia», stöhnte Raffi bange. «Was sollen wir bloß tun?»

Debora hielt den Blick auf Großvater gerichtet. «Du sagst doch immer, man solle vor Problemen nicht wegrennen, sondern sie lösen, Opa.»

«Das stimmt», meinte er nachdenklich und sann darüber nach, was er den Kids raten könnte.

Nach einer Weile räusperte er sich. «Es gab einmal Leute, die waren auch bös in der Klemme», begann er. «Ein ganzes Volk wurde damals zur Sklavenarbeit gezwungen. Diesem unterdrückten Volk wollte Gott helfen, und er bereitete einen Mann darauf vor, die Menschen aus der Sklaverei herauszuführen. Aber dieser Mann namens Moses machte einen Fehler – anstatt auf den richtigen Augenblick für seinen Einsatz zu warten, griff er voreilig ein und brachte einen Wächter um, der einen Sklaven geschlagen hatte. Deswegen musste Moses flüchten. Ganze vierzig Jahre vergingen, bis Gott ihn dann doch noch als seinen Gesandten einsetzte. Und Moses schaffte es mit Hilfe von Gott tatsächlich, das Volk zu befreien.»

Die Kids ließen sich das durch den Kopf gehen. Niemand sprach. Durch das geöffnete Fenster war in der Ferne das Gebimmel des Münzturm-Glockenspiels zu hören.

«Ihr seht», nahm Opa den Faden wieder auf, «es ist sehr wichtig, auf den rechten Moment zu warten und nicht voreilig zu handeln. Auch Gott selbst hat viele Jahre später auf den richtigen Augenblick gewartet, bis er seinen Sohn Jesus zur Welt schickte, um den Menschen zu helfen und für sie da zu sein ...»

«Aber», fragte Raffi, «wann wird denn für uns der richtige Moment kommen?»

«Das werdet ihr ganz von alleine merken. Und wenn die Zeit reif ist und ihr Jesus bittet, euch zu helfen, wird er euch beistehen, denn er ist auch heute noch für die Menschen da. Auch für einen alten, blinden Mann wie mich! Ich spreche jeden Tag mit ihm, und ich weiß, dass er mir zuhört, so wahr ich hier sitze! Wie sagt ihr immer? Hundertpro!»

Simon blickte Großvater abwartend an. «Okay. Und wie soll's denn jetzt weitergehen?»

«Nun ...» Opa strich sich nachdenklich über seinen dichten Schnurrbart. «Da man weder die Polizei rufen noch die Sache einfach auf sich beruhen lassen kann, gilt es vorerst, abzuwarten und dranzubleiben. Sobald sich etwas an der Lage ändert – wenn also doch plötzlich Beweise gegen Sven auftauchen sollten –, dann müsst ihr unverzüglich die Polizei einschalten.»

«Du meinst also», vergewisserte sich Debora, «wir dürfen ihn weiter beobachten?»

«Kommt ganz drauf an.» Großvater hob den Kopf. «Versprecht ihr mir, vorsichtig zu sein, genügend Geduld zu haben und nichts Unbedachtes zu tun?»

«Ganz bestimmt, ist doch klar!»

«Wenn euch nämlich was passiert», sagte Opa ernst, «dann würde ich mir das nie verzeihen. Niemals ...»

«Wir werden aufpassen. Versprochen.»

«Hmmm», brummte er gedankenvoll. Dann traf er

eine Entscheidung. «Na schön. Aber haltet mich auf dem Laufenden.» Sein faltenzerfurchtes Gesicht hellte sich auf. «Im Gegenzug werde ich noch den einen oder anderen Ausflug mit Caroline machen, damit ihr genügend Zeit für euch habt.» Schmunzelnd fügte er hinzu: «Die Vorstellung ist mir gar nicht mal so zuwider – ich finde die Dame nämlich überaus sympathisch!»

Neugierig guckte Raffi ihn an. «Was gefällt dir denn so an ihr?»

«Schwierig zu erklären», meinte er. «Sie ist so witzig – so lebenslustig. Und man versteht sich einfach, selbst ohne Worte. Habt ihr das auch schon mit jemandem erlebt?»

Simon nickte. Er wusste genau, wovon Großvater sprach.

Auf dem Weg nach unten zum Hausboot besprachen die Kids den Fall im neuen Licht des Gesprächs mit Opa. Diesmal nahmen sie Zwockel mit – er durfte in Simons Kajüte übernachten.

«Wir benötigen also unbedingt handfeste Beweise», sagte Debora im trübe beleuchteten Treppenhaus. «Sven wurde in unserem Dorf ja nur deshalb laufengelassen, weil man ihm nichts nachweisen konnte. Hoffentlich stoßen wir bei seiner Verfolgung schon bald auf was Brauchbares!»

«Genau!», rief Raffi. «Und wenn alles klappt, dann

muss er seine Strafe absitzen und kann uns nichts mehr tun!»

«Richtig», bestätigte Simon. «Morgen dürfen wir uns einfach auf keinen Fall wieder abhängen lassen, wenn wir ihn in dem Straßencafé abfangen. Wir müssen unbedingt so schnell wie möglich rauskriegen, wo er wohnt und was er vorhat.»

«Ge-nau! Check!»

Die Kids klatschten sich auf die Hände.

Bevor sie auf die Gasse hinaustraten, nahm Debora Zwockel an die Leine.

«Sobald wir mehr wissen, entscheiden wir, was wir tun», sagte Simon mit leuchtenden Augen. «Und wenn der richtige Augenblick gekommen ist, wird's eng für Sven – das steht fest!»

Eine Million Pillen

8

Als der nächste Morgen anbrach, drangen im Wohnraum des Hausboots kratzende Geräusche aus dem Plastikeimer vor dem Sessel.

Raffi war auf einen Schlag wach. Sie sprang aus ihrem Bett und rannte in den Salon hinüber.

«Wir haben sie!», rief die Kleine. «Die Maus ist im Eimer!»

In der Mädchenkajüte schreckte Debora aus dem Schlaf hoch und knallte mit dem Kopf gegen das Schrägdach. «Muss das denn jedes Mal sein ...», stöhnte sie, während Zwockel drüben wie wild zu bellen anfing.

Debora rieb sich die Stirn und ging hinaus in den Wohnraum, wo nun auch Simon völlig verschlafen eintrat.

Der Collie schnupperte aufgeregt am Plastikeimer.

«Und jetzt?», fragte Raffi übermütig. «Wo können wir die Maus reintun? Wir brauchen irgend 'ne Art Käfig!»

«Mal sehen ...» Simon schaute sich suchend um. «Ein Karton wäre ungünstig, da knabbert sie sich durch. Aber das dort ginge vielleicht ...» Er holte von einem Bücherbord eine schöne alte Zigarrenkiste, die zur Zierde da stand.

«Aber damit eins klar ist, Raffi.» Debora stützte die Arme in die Hüften. «Wenn wir dann nach Hause fahren, musst du die Maus wieder freilassen! Du kannst sie unmöglich mit heimnehmen – stell dir vor, wie Mami ausflippen würde!»

«Alles klar», willigte Raffi sofort ein.

Simon drehte die Zigarrenbox und bohrte mit seinem Taschenmesser zwei kleine Öffnungen in die Rückseite, damit die Maus auch bestimmt genügend Luft bekommen würde. «Ich mach die Löcher extra hinten, wo man's nicht sieht, wenn wir die Kiste dann wieder an ihren Platz zurückstellen!»

Als er damit fertig war, beugte sich Raffi über den Eimer. «Na du? Also rein ins gute Stübchen!» Vorsichtig nahm sie die Maus heraus.

Doch da hüpfte sie ihr aus der Hand und sprang haarscharf an Debora vorüber auf den Boden.

«Üüü!», schrie Debora. «Will die mich anfallen?»

«Ach was!»

In Windeseile huschte die Maus unters Sofa.

Zwockel sauste ihr nach und versuchte sich unter die Couch zu zwängen. Obwohl er heftig mit den Pfoten scharrte, schaffte er's einfach nicht.

Die Kids knieten sich neben ihn und starrten unter das Möbelstück. In der Dunkelheit dort unten war überhaupt nichts zu sehen. Deshalb stand Simon auf und holte in der Kombüse eine große, schwere Taschenlampe, die zur Ausrüstung des Boots gehörte.

Damit leuchtete er unters Sofa.

Die Maus saß in einer Ecke und äugte verwirrt umher. Ihre Schnauzhaare zuckten auf und ab.

Simon streckte den Arm aus und griff sachte nach dem Mäuschen.

«Ich hab sie!»

Schnell hielt ihm Raffi die Zigarrenkiste hin, und er schloss die Maus behutsam ein.

«Und wie heißt sie nun?», fragte Raffi. «Sie muss doch einen Namen haben!»

«Hmmm», murmelte Debora, während sie sich erhob und ihre Knie abwischte. «Wie wär's denn zum Beispiel mit ‹Mäuseken›? Das klingt holländisch und würde von daher doch bestens passen, schließlich ist sie eine holländische Maus!»

«Super!» Raffi schob den Deckel der Zigarrenkiste einen Spaltbreit auf. «Du bist also Mäuseken!», zirpte sie hinein. «Du wirst immer was Leckeres zu fressen kriegen, damit du's richtig schön hast da drin – für eine Weile bist du jetzt im Schlaraffenland!»

Grinsend blickten Debora und Simon sich an. «So, jetzt aber los, auf uns wartet nämlich auch etwas sehr, sehr Leckeres!»

Rasch machten sich die Kids bereit für den Tag – für das Frühstück oben in Carolines Wohnung und den anschließenden Fahrradausflug ...

Stolz zog Raffi ihr neues AMSTERDAM-T-Shirt an und steckte die Box mit der Maus in ihren Rucksack.

«Jetzt freu ich mich doch echt auf den Ausflug», sagte Debora neben ihr im Mädchenzimmer. Und Simon rief aus seiner Kajüte herüber: «Ich mich auch! In der Sache mit Sven können wir sowieso erst am Nachmittag was unternehmen.»

Bei diesem Gedanken wurde Raffi schon ein wenig unruhig. «Hoffentlich klappt die Verfolgung diesmal und wir schaffen es, was Wichtiges über Sven rauszufinden!»

Im Besprechungszimmer auf der Altstadt-Wache traf sich Inspecteur Vandenbrink mit seinem Team.

Kees Boom, der Neue in der Abteilung, pflanzte seinen langen dünnen Körper auf den Stuhl neben Lilly Bezemer, während Vandenbrink bei der Flipchart-Tafel stand.

Der Inspecteur malte einen Kreis auf das weiße Papier, schrieb das Wort *Drogen* hinein und schaute Boom an. «Die Händlerringe in Amsterdam», begann er, «haben verschiedene Abteilungen. Da wäre zunächst mal eine Abteilung für die Drogen als solche – dazu gehören die Herstellung des Stoffs, ein Netz aus Verkäufern und Kleinverkäufern sowie die Überwachung des Handels.»

Während Kees Boom sich gespannt vorbeugte, zeichnete Vandenbrink einen weiteren Kreis und beschriftete ihn mit *Geldwäsche*.

«Ein wichtiger Teil», sagte Lilly Bezemer. «Um das Geld aus dem Drogenhandel überhaupt verwenden zu können, müssen sie es zuerst ‹waschen›. Dazu unterhalten sie ganz normale Firmen – das können Nachtclubs sein oder ein Gemüsegroßhandel oder sonst was. Diese Betriebe dienen auch zur Tarnung der kriminellen Geschäfte des Drogenrings.»

«Die sind mit allen Wassern gewaschen», staunte Boom beeindruckt.

«Das sind sie.» Vandenbrink nickte ernst. «Außerdem hat so ein Ring auch Fahrer und Sicherheitsleute, richtige Bodyguards – unter anderem für die Bosse. Insgesamt kann eine Organisation aus dreißig, vierzig Leuten bestehen. Fünf braucht's allein, um in einem Labor das Ecstasy herzustellen, dazu noch ein paar zusätzliche, die dort überwachen, dass alles rund läuft.»

«Es gibt Großlabors im Süden Hollands», führte Lilly Bezemer aus. «Viele davon liegen in früheren Bauernhöfen, die zur Drogenherstellung umgebaut wurden. Von außen sieht man denen gar nichts an, deshalb ist es schwierig, sie zu enttarnen. Es gibt aber auch in Amsterdam kleine, mittlere und sogar große Labors, etwa in Wohnwagen, in Küchen von ganz normalen Wohnungen oder in alten Lagerhäusern am Hafen. Insgesamt werden in den Niederlanden eine Million Ecstasy-Pillen hergestellt – pro Tag.»

Kees Boom pfiff leise durch die Zähne.

«Das chemische Grundmittel dazu – es heißt MDMA – stammt aus Polen und Russland», erläuterte Vandenbrink. «Es wird in Lastwagen über die Grenze nach Holland geschmuggelt. Meist sind in einer ansonsten rechtmäßigen Ladung ein paar Fässer mit der MDMA-Flüssigkeit drin versteckt.»

Lilly Bezemer strich sich eine blonde Strähne aus der Stirn. «In dem fraglichen Drogenring hier dürfte dieser Henk einer aus der mittleren bis oberen Stufe sein, aber keiner der Bosse, während Sven wohl ziemlich weit unten im Bereich ‹Verkauf› steht.»

«Seh ich auch so», bestätigte Vandenbrink und sah dann Boom an. «Was ebenfalls ganz wichtig ist: Der *Kleinhandel* findet in Discos, Nachtclubs und bei Mega-

Partys statt, wo die ganze Nacht durchgetanzt wird. Dagegen läuft der *Großhandel* oft auf Parkplätzen ab, etwa vor riesigen Einkaufszentren: Da parken zwei Autos Seite an Seite, die Scheiben werden runtergelassen, der Stoff wird rübergeschoben, das Geld ins andere Auto gereicht, und weg sind sie – dauert keine Minute und ist auf einem Großparkplatz völlig unauffällig.»

Mit einem Ruck riss der Inspecteur die weiße Seite von der Flipchart-Tafel und knüllte das Papier zusammen. «Wir treffen uns um eins oben in der Kantine und machen uns fertig, um rechtzeitig am Nieuwmarkt zu sein. Dort hängen wir uns dann an Henk dran, weil er in der Rangordnung höher steht als Sven. Wir versuchen, die Hinterleute und möglichst den ganzen Händlerring zu kriegen. Also, haltet euch um eins bereit.»

An der Prinsengracht wies Caroline auf die Fahrräder vor ihrem Haus. «Ich habe die Räder für eine ganze Woche gemietet», erklärte sie den Kindern. «So stehen sie euch auch in den kommenden Tagen zur Verfügung.»

Daneben schob Raffi verstohlen ein Stück Käse in die Zigarrenkiste, das sie beim Frühstück für Mäuseken beiseite geschafft hatte.

Opa beugte sich zu der Kleinen und brummte ihr ins Ohr: «Die Maus – oder ist es eine Ratte ...?»

«Ja Pingu!», stieß Raffi leise hervor. «Wie hast du denn das nun wieder rausgekriegt, Opa?»

«Ich höre eben sehr gut, und da hab ich doch vorhin mal so ein Piepsen aus deinem Rucksack vernommen», antwortete er augenzwinkernd. «Also, hör zu: Die Maus musst du dann hier in Amsterdam lassen, die darfst du nicht nach Hause ...»

«Ich weiß, ich weiß, das haben Debi und Simon auch schon gesagt!»

«Gut erzogen, das muss ich schon sagen!», schmunzelte Großvater und stieg umständlich auf den hinteren Sitz des Tandems, das Caroline lenkte.

Dann ging der Fahrradausflug los. Die Jungs hatten ein Rad mit einer Transportkiste vorne dran, und die Mädchen eins ohne. Da es keine Kinderräder gab, war das von Raffi viel zu groß für sie.

Die Kleine stieg trotzdem auf, trat mit einem Fuß aufs Pedal und stieß sich mit dem anderen vom Boden ab, um Geschwindigkeit aufzunehmen. Doch dabei geriet sie bedrohlich ins Schwanken. Als sie endlich im Sattel saß, reichten ihre Füße kaum zu den Pedalen. Deshalb hatte sie leider auch die Lenkung nicht so ganz im Griff, und sie schlingerte in Schlangenlinien über die Straße.

«Achtung, die Bordsteinkante!», rief Debora.

Raffi riss den Lenker herum und fuhr geradewegs auf den Flusskanal zu.

«Halt, Raffi, brems!», schrie Antje.

«Wo ist denn die Bremse?», kreischte Raffi und hielt mit voller Fahrt aufs Wasser zu.

Da sie den Bremsgriff nicht fand, sprang sie kurz vor dem Ufer aus dem Sattel und versuchte, hastig mit den Füßen tippelnd, anzuhalten.

Am Kai fiel sie schließlich mitsamt dem Rad hin – unmittelbar bevor sie in den Kanal gestürzt wäre.

Die Kids eilten erschrocken zu ihr.

Raffi stand mit rotem Kopf auf und wischte sich den Staub von der Hose.

Als die Kinder sahen, dass ihr nichts zugestoßen war, brachen alle in lautes Gelächter aus. «Das war knapp! Dieser Ausflug wäre ja beinahe ins Wasser gefallen! Schade, dass wir's nicht gefilmt haben!»

Kleinlaut verzog Raffi den Mund. «Ja Pingu ...»

«Was ist denn da los», erkundigte sich Opa, der nun mit Caroline dazukam.

«Du willst es gar nicht wissen, Hermann», antwortete Caroline. «Das kann man ja nicht mitansehen, wie die Kleine trudelt!»

Simon grinste. «Die fährt immer so, auch wenn sie ihr eigenes Rad hat!»

«Ha, ha», maulte Raffi.

«Am besten setzt du dich bei mir in die Transportkiste», schlug Mark vor.

«Na, dann halt ...!» Schmollend kettete die Kleine ihr Rad mit zwei wuchtigen Schlössern an einem Pfosten fest und stieg in die große Holzkiste vor Marks Rad.

Als die Fahrt dann losging, fand Raffi die Sache allerdings plötzlich ganz angenehm – so konnte sie die Aussicht bewundern, ohne selbst strampeln zu müssen ...

J.C. Kuning van Koningen

Unterwegs scherzten Simon und Antje miteinander, und Caroline beschrieb Opa die Umgebung. Auch Mark und Debora unterhielten sich bestens.

An einem breiten Fluss mussten alle anhalten. Bei der Brücke wurden gerade die Fahrbahnhälften nach beiden Seiten hochgezogen, damit ein größeres Schiff durchfahren konnte.

«Das ist die ‹Magere Brug›», erklärte Antje. «Die heißt so, weil sie so lang und schmal ist. Es gibt in Amsterdam auch noch kleinere Ziehbrücken, aber diese hier ist ein Wahrzeichen.»

Während die Kids beobachteten, wie das Schiff vorüberfuhr, strichen ein paar Katzen um Raffi herum und musterten ihren Rucksack, aus dem leise Mäusekens Piepsen drang. Doch Zwockel verscheuchte die Miezen mit lautem Bellen.

«Seltsam», wunderte sich Caroline. «Wir scheinen die Katzen ja regelrecht anzuziehen ...»

«Sieht ganz so aus», murmelte Raffi und lenkte schnell ab: «Schaut mal, da drüben sind total schiefe Häuser!»

In diesem Moment wurden die beiden Brückenteile wieder heruntergelassen.

«Ganz Amsterdam steht auf einer riesigen Menge von langen Stelzen», erzählte Caroline, als sie danach weiterradeln konnten. «Die Pfähle sind senkrecht in den morastigen Boden gerammt, um die Häuser, Straßen und Plätze vor dem Versinken zu bewahren.»

«Echt?» Simon konnte das kaum glauben. «Oder ist das jetzt ein Scherz?»

«Nein, echt», lächelte Caroline. «Allein das große Bahnhofsgebäude, an dem ihr angekommen seid, steht auf über achttausend Baumstämmen – für den Bau der ‹Centraal Station› wurden drei künstliche Inseln im Wasser geschaffen!»

«Kein Wunder, dass die Häuser so schief stehen», schmunzelte Debora. «Manche sehen aus, als würden sie gleich umfallen!»

«Und das hält wirklich?» Misstrauisch betrachtete Raffi den Straßenbelag, doch das Pflaster sah ziemlich solide aus.

Am Gassenrand waren überall Fahrräder festgekettet, und die Kids mussten ständig ausweichen, während Zwockel friedlich nebenher tippelte.

Derweil erzählte Caroline Opa laufend, was es zu sehen gab, da er selbst ja fast nichts erkennen konnte. Ihre Erläuterungen kamen den Kids ein wenig vor wie die Lautsprecher-Durchsagen auf den Rundfahrtbooten, wo in allen Sprachen die Sehenswürdigkeiten links und rechts der Grachten für die Urlauber an Bord ausgerufen wurden.

Nach einer Weile deutete Simon mit dem Kopf auf das Tandem von Opa und Caroline. Als die Kids hinschauten, sahen sie, dass Großvater die Füße von den Pedalen genommen hatte und die Beine beidseits wegspreizte.

«Wie erquickend sportliche Betätigung doch ist», lächelte er verschmitzt. «So ein Radausflug ist richtig erholsam! Tut gut, nicht wahr?»

«Ja, wirklich», bestätigte Caroline ein wenig außer Atem.

Opa genoss es sichtlich, durch die Gegend gegondelt zu werden. Er lauschte dem allgegenwärtigen Klingeln der zahllosen Fahrräder, dem Bimmeln der Straßenbahn und dem Tuckern der Boote in den Kanälen, sog die Mittagessensdüfte aus den vielen Restaurants ein, die es hier aus aller Herren Länder gab: Asiatisch, Afrikanisch, Italienisch, Holländisch ...

Debora fuhr nahe neben Mark und tuschelte: «Jetzt müssen wir aber bald umkehren, damit wir's noch rechtzeitig zum Nieuwmarkt schaffen.»

«Stimmt», antwortete er. «Nicht, dass uns Sven schon wieder durch die Lappen geht!»

«Ich will nur noch schnell was essen», meinte Kees Boom in der Kantine der Altstadt-Wache.

Inspecteur Vandenbrink und Lilly Bezemer sahen ihm zu, wie er zur Mauer ging und sich einen Joghurt, einen Snickers-Riegel und eine Cola aus den Glasfächern zog – sogar hier in der Polizeikantine gab es einen wandfüllenden Automaten, diesmal zwar ohne *Kroketten*, dafür aber mit einer großen Auswahl an Milchspeisen und Schokoriegeln ... Daneben gab es in dem Raum ein Regal mit einem Fernseher und einem Video- sowie DVD-Player. Einige Schaukästen aus Glas zeigten Waffen, von uralten Pistolen bis hin zu ultramodernen Gewehren mit Nachtsichtgerät und Zielfernrohr, dazu auch weitere Polizeigegenstände.

Lilly Bezemer und der Inspecteur saßen in den grünen Stühlen am Tisch und ließen den Blick durchs

Fenster über den Hinterhof und die angrenzenden Dächer schweifen.

«Was meinst du», fragte die blonde Polizistin ihren Vorgesetzten, «wenn wir nachher diesen Henk beschatten – wie hoch schätzt du die Chance ein, dass wir seine Hinterleute oder sogar den ganzen Drogenring erwischen?»

Vandenbrink hob die Schultern. «Wir können nur so gut wie möglich unsere Arbeit tun», antwortete er, ohne den Kopf zu drehen. «Selbst wenn wir den gesamten Ring aus dem Verkehr ziehen, gibt es noch viele andere in der Stadt. Das Geschäft mit den Drogen ist so einträglich, dass es immer Leute geben wird, die damit ihr schmutziges Geld machen.»

«Aber», warf Kees Boom mampfend vom Tischende her ein, «ständig werden doch große Mengen beschlagnahmt. Geht der Stoff denn niemals aus?»

Der Inspecteur seufzte. «Solange eine Nachfrage danach besteht, wird das Zeug laufend neu hergestellt, wir können es nie ganz ausmerzen. Letztlich ist jeder Mensch selbst dafür verantwortlich, sich sein Leben und seine Gesundheit nicht damit kaputt zu machen.»

Als Boom schließlich mit seinem Mittagessen fertig war, standen alle drei auf. Sie verließen die Kantine und betraten auf demselben Stockwerk in voller Uniform einen Raum.

Wenig später kamen drei Touristen heraus. Erst bei näherem Hinschauen sah man, dass es sich dabei um die drei Polizisten handelte. Sie hatten sich für Henks Verfolgung getarnt, damit sie ihm auf keinen Fall auffallen würden.

Vandenbrink trug eine kurze Hose, Sonnenbrille und

Sandalen. Auch sein Team war ganz auf Urlauber getrimmt.

Bevor die Beamten den Fahrstuhl betraten, überprüften sie ihre Ausrüstung. Mit einer raschen Bewegung holte Lilly Bezemer ihre Dienstpistole aus dem Bauchtäschchen – dieses war speziell für Polizisten mit einem Klettverschluss ausgestattet worden, so dass die Waffe mit einem einzigen Handgriff blitzartig gezogen werden konnte. Kees Boom holte in Sekundenschnelle Handschellen, Funkgerät und Schlagstock aus seinem Rucksack. Ebenso gut versteckt hatte Vandenbrink sein Handy und ein Pfefferspray bei sich.

«Also los», sagte er. «Auf zum Treffpunkt – es ist bald zwei!»

In China-Town

9

Die Kids schafften es gerade noch rechtzeitig an den Nieuwmarkt, nachdem Tante Caroline ihnen nach dem Radausflug noch einmal eingeschärft hatte, auf keinen Fall das verbotene Viertel zu betreten.

Auf dem großen Marktplatz beobachteten sie aus dem Versteck im Hauseingang, wie Sven und Henk im Straßencafé gegenüber aufstanden. Am Tisch neben den beiden saßen drei Urlauber in kurzen Hosen und Sandalen – die getarnten Polizisten fielen den Kindern aber nicht weiter auf.

«Okay, Henk», sagte Sven. «Ich geh nur noch rasch nach Hause, dann mach ich mich gleich auf den Weg, wie vereinbart!»

«In Ordnung.» Henk ließ ein Lächeln über sein gebräuntes Gesicht gleiten. «Du weißt, die Uhr tickt – du hast noch genau zwei Tage. Also, man sieht sich morgen zur selben Zeit wieder hier!»

Als die beiden in verschiedene Richtungen davonschlenderten, gingen die Kids mit Zwockel unauffällig hinter Sven her, während die verkleideten Beamten Henks Verfolgung aufnahmen.

«Puh», atmete Simon auf. «Da sind wir ja auf den letzten Drücker gekommen!»

«Das schon», murmelte Antje. «Aber wir haben trotzdem ein Problem.»

«Was denn?»

«Sven geht direkt auf China-Town zu.»

«Oh-oh ...» Raffi schaute sie besorgt an. «Da dürfen wir doch nicht rein!»

Der Junge mit der Kapuze bog ohne zu zögern in eine Gasse, die geradewegs in das verbotene Viertel führte.

«Was sollen wir denn jetzt tun?» Simon blieb stehen. «Wenn wir ihm nicht folgen, verlieren wir ihn wieder – und das darf einfach nicht passieren, nicht noch mal! Sonst ...»

«Na, kommt schon!», drängte Mark. «Dann gehen wir halt rein – es wird schon nicht so gefährlich sein!»

«Find ich auch», meinte Antje. «Und ihr?»

Simon und Debora zögerten. Dann gaben sie sich einen Ruck und nickten. «Also los!»

«Wenn das bloß gutgeht ...», bangte Raffi.

Die Kids traten in die schattige Gasse und folgten Sven in genügend Entfernung an einigen Bars und kleinen Läden vorbei.

Am Ende der Straße kamen sie zu einer Klappbrücke, die über einen schmalen Kanal führte. Soeben senkten sich beidseits die Schranken – gleich würden die Brückenhälften hochgezogen werden, um ein Boot durchzulassen.

Sven duckte sich unter der nahen Schranke hindurch und huschte über die Brücke.

Entsetzt sahen die Kinder sich an. Nun würden sie ihn trotzdem verlieren!

Debora und Mark warfen sich einen Blick zu und fassten blitzartig einen Entschluss. «Los!»

Ohne ein weiteres Wort bückten sich die beiden unter der Schranke durch und hasteten auf die Brücke, die sich unter ihren Füßen bereits zu heben begann.

«Oooh nein!» Verzweifelt hielt sich Raffi die Hand vor die Augen. Auch Simon und Antje stockte der Atem.

Debora und Mark gaben sich in der Mitte der Brücke die Hand. Sie zählten bis drei und sprangen auf die andere Hälfte hinüber.

Geschafft!

Sie hetzten an Land und wandten sich dann zu den Kids um.

Diese hatten keine Chance, ebenfalls noch über die Brücke zu gelangen – die Fahrbahnhälften waren nun schon hoch aufgerichtet.

Rasch gab Simon den beiden auf der anderen Seite mit Handzeichen zu verstehen, sie sollten Sven folgen und nachher übers Handy Bescheid geben, wo sie wären.

Debora nickte und verschwand mit Mark in der Gasse, um sich an Svens Fersen zu heften.

Derweil schauten Simon, Raffi und Antje ungeduldig zu, wie das Boot in der Gracht vor ihnen gemächlich vorwärtstuckerte. Das Ganze dauerte ewig. Sie traten von einem Bein aufs andere und konnten es kaum erwarten, dass die Brücke endlich wieder heruntergelassen würde ...

Inzwischen befanden sich Debora und Mark in sicherem Abstand hinter Sven. In den Gassen herrschte dichtes Gedränge, doch Mark lotste Debora so flink zwischen den Leuten hindurch, dass Sven immer in Sichtweite blieb.

«Das war knapp vorhin», seufzte Debora. «Alleine hätte ich nie den Mut gehabt, rüberzuspringen – aber mit dir zusammen war's ein Kinderspiel!»

«Man muss genau wissen, wie schnell sich die Brücke öffnet, sonst darf man's auf keinen Fall wagen», antwortete Mark.

«Das hab ich gar nicht bedacht – eigentlich hab ich überhaupt nichts überlegt, sondern hab's einfach getan. Ich dachte mir, wenn *du* es tust, dann tu ich's auch ...» Schmunzelnd fügte sie hinzu: «Jetzt hast du schon wieder eine Heldentat vollbracht, nachdem du neulich am Bahnhof Opas geklaute Reisetasche zurückerobert hast!»

«Ach, das hätte doch jeder getan», meinte Mark bescheiden. «Aber jetzt dürfen wir Sven bloß nicht verlieren ...»

An einer Straßenecke blieben sie stehen. Gegenüber trat Sven in ein altes Haus und verschwand im Flur.

Das Gebäude sah ziemlich heruntergekommen aus. Neben dem Eingang standen ein paar Müllsäcke und ein Motorrad.

«Das ist Svens Maschine!», stellte Debora fest. «Ich erkenne sie eindeutig wieder! Kann es wirklich sein, dass der den ganzen Weg von unserem Dorf mit dem Motorrad hergefahren ist?»

«Muss er wohl, da es ja hier steht ...»

«Hey!» Sie sah Mark aus leuchtenden Augen an.

«Dann hat der bestimmt seine Wohnung in dem Haus da! Wir haben rausgefunden, wo er wohnt!»

«Wir sind eben ein gutes Team!», lächelte Mark, und die beiden klatschten sich auf die Hand.

Danach klaubte Debora ihr Handy hervor und rief Simon an. Als er sich meldete, schilderte sie kurz die Lage und gab Mark dann das Handy weiter. «Du kannst besser beschreiben, wie sie herfinden.»

Er nahm das Mobiltelefon und erklärte Simon den Weg. «Aber Achtung», warnte er zuletzt. «Hier ist tiefstes China-Town, wir sind mitten im verbotenen Viertel. Also seid vorsichtig!»

Endlich wurde die Brücke über den schmalen Kanal wieder für die Fußgänger geöffnet.

Raffi, Simon und Antje eilten hinüber und tauchten hinter der Schranke in eine völlig andere Welt ein.

Einzelne Häuser waren in leuchtend roten und gelben Farbtönen gestrichen, und etliche hatten chinesische Stufendächer.

In den bevölkerten Gassen roch es nach fremdländischen Düften und Kompostabfällen. Alles war eng verwinkelt und sah sich täuschend ähnlich. Zahllose Asiaten waren unterwegs – Frauen mit Kindern, einzelne Jugendliche, ältere und jüngere Männer. Dicht an dicht standen China-Restaurants, und viele Schilder waren mit

與主在一起
什麼都不缺
有主就滿足
神愛世人，甚至將他的獨生子賜給他
一切信他的，不至灭亡，反得永生

chinesischen Schriftzeichen bemalt. Nichts erinnerte mehr daran, dass man sich mitten in Holland befand.

Raffi gab Simon ihre schweißnasse Hand und drängte sich zwischen ihn und Antje, die selbst schon ganz dicht bei ihm ging, da es ihr in der Gegend gar nicht mehr geheuer war und sie in seiner Nähe Schutz suchte ...

Die Kids stießen auf fliegende Händler mit Bauchläden und sahen Marktstände, wo auf offenen Bratpfannen sonderbare Speisen brutzelten. In der Luft hingen eigenartige Gerüche von Gewürzen, die den Kids noch nie zuvor in die Nase gestiegen waren.

An vielen Orten drehten sich geröstete Enten am Spieß, und die Schaufenster zeigten eine Menge gebratene Geflügelsorten, aber auch merkwürdige Kost in Behältern, voll mit lebenden Tieren, Schnecken, Schildkröten ...

Den Kindern blieb der Mund offen stehen, als sie vor einer Garküche sahen, wie eine Chinesin in einen Topf griff und eine Handvoll Krabbelgetier herauszog, das sich ringelte und wand.

«Iiiiiih», machte Raffi angeekelt. «Hoffentlich sind wir bald bei Debi und Mark ...»

Sven war noch immer in dem alten Haus, während Debora und Mark auf die Kids warteten.

«Wann kommen die denn endlich?», stöhnte Debora.

Mark schaute sie abwägend an. «Wollen wir in der Zwischenzeit mal näher rangehen, um die Sache ein wenig auszukundschaften?»

«Gute Idee. Aber wir müssen aufpassen – Sven darf uns auf keinen Fall sehen!»

«Schon klar.»

Sie eilten über die Straße und schauten sich am Eingang die Klingelschilder an.

«Svens Name steht nirgendwo drauf», murmelte Debora.

Mark zuckte die Schultern. «Vielleicht wohnt er bei einem Freund oder in einer WG.»

Vorsichtig schob er die Haustür auf, die nur angelehnt war.

Die beiden schauten in den Flur. Er war düster und roch muffig. Der abgenutzte Teppich war übersät mit Flecken und Papierfetzen, und ein paar leere Hamburger-Verpackungen lagen auf dem Boden. Dahinter wand sich ein schmales Treppenhaus in die Höhe.

«Sollen wir mal raufgehen?», flüsterte Mark. «Vielleicht kriegen wir raus, in welchem Stockwerk er wohnt.»

«Meinst du wirklich?»

«Versuchen wir's doch einfach mal!»

Er ging voran, und Debora folgte ihm mit pochendem Herzen.

Sie wagte kaum mehr zu atmen, als sie dicht hinter ihm die ächzenden Holzstufen hinaufstieg.

In der ersten Etage standen keine Namen an den Klingeln. Durch die Türen drang nicht das leiseste Geräusch. Aber von weiter oben hallte das Gedudel eines holländischen Radiosenders herunter.

Wachsam schlichen sie weiter.

Da hörten sie plötzlich, wie in einem der Stockwerke über ihnen eine Tür aufging und von außen abgeschlossen wurde.

Schritte kamen die Stufen herab.

Hals über Kopf hasteten Debora und Mark die Treppe abwärts und versuchten dabei, so wenig Lärm wie möglich zu machen.

Unten stoben sie durch den Flur und aus dem Haus hinaus.

Dort rannten sie in Windeseile über die Gasse. Mark war so schnell, dass Debora ihn hinter einer Hausecke aus den Augen verlor.

Als sie ebenfalls um die Ecke bog, wurde sie von zwei Händen in einen dunklen Hauseingang gezogen ...

Debora blieb gleich die Luft weg. Jetzt ist es passiert, dachte sie – in dieser zwielichtigen Gegend entführt von Unbekannten!

«Hil...» Weiter kam sie nicht, denn eine Hand wurde ihr vor den Mund gehalten.

«Ruhig, ganz ruhig!»

Als sie langsam den Blick hob, merkte sie, wer sie festhielt.

Mark lockerte den Griff und ließ sie allmählich vollends los.

Keuchend starrte sie ihn an.

Ihr Herz raste.

«Ich ...»

«Alles in Ordnung», murmelte er. «Aber du musst ganz still sein.»

In dem engen Hauseingang pressten sie sich in den Schatten, als Sven draußen auf dem Gehsteig vorüberschlenderte.

«Er könnte was gemerkt haben», flüsterte Debora atemlos. «Beim Verlassen des Hauses hat er mich vielleicht gesehen!»

Die beiden wagten sich einen Schritt vor und spähten achtsam um die Ecke.

Sven zog seine Kapuze tief ins Gesicht und ging zielstrebig die Gasse entlang, ohne sich umzuschauen. Er trug jetzt einen Rucksack, den er offenbar in der Wohnung geholt hatte.

Als er in Richtung eines Gassengewirrs abbog, traten aus einer Seitenstraße davor plötzlich Simon, Antje und Raffi, die Zwockel an der Leine führte.

Debora und Mark gaben den Kids lautlos ein Zeichen. Schnell huschten sie zu ihnen hinüber und erzählten aufgeregt, was sie beobachtet hatten.

Das Lagerhaus am Hafen

10

Gemeinsam folgten die Kinder Sven vorsichtig weiter. Die Gegend wurde zusehends düsterer und heruntergekommener. Ständig begegneten ihnen dunkle Gestalten – nicht unbedingt Chinesen, sondern verschlossene Männer mit finsteren Blicken, ärmlich gekleidete Stadtstreicher und andere Leute, die das Tageslicht der hellen Gassen scheuten.

«Sven geht zum Hafen», murmelte Mark, der nun Zwockel an der Leine hatte. «Ich fürchte, das ist wirklich gar keine gute Gegend ...»

Auch den Kids wurde es immer mulmiger zumute. Raffi klammerte sich wieder mal an Simon fest, bloß hielt sie sich diesmal zwischen Debora und ihm und überließ den Platz an seiner anderen Seite Antje, die sich eng an ihn schmiegte.

In sicherem Abstand folgten sie Sven durch eine muffige Güterbahn-Unterführung, deren Mauern mit Graffiti besprayt waren. Auf dem Boden lagen weggeworfene Zeitungen und sonstiger Müll herum.

Schließlich gelangten die Kids ans Hafenbecken. Der Geruch von Salz und Algen hing in der heißen Luft. Möwen drehten kreischend ihre Runden, und vom Wasser her drang das tiefe, durchdringende Tuten eines Schiffshorns herüber.

An Land reihten sich zu beiden Seiten große Lagerhallen. Vor den Docks ankerten riesige Frachtschiffe, die von Lastenkränen entladen wurden.

Die Kinder beobachteten, wie Sven in einem der Lagerhäuser verschwand. Das Gebäude trug den Firmennamen KAASTRANS.

Von einer nahen Stelle aus konnten sie die Halle unauffällig im Auge behalten. Aufmerksam verfolgten sie, wie am Dock davor Kühlcontainer mit der Aufschrift ADAMER – KÄSE AUS AMSTERDAM – KAAS UIT AMSTERDAM auf ein Schiff geladen wurden. Dieses segelte unter britischer Flagge und würde die Ladung offenbar nach England bringen.

Ein KAASTRANS-Lastwagen fuhr vor, und weitere ADAMER-Kühlcontainer wurden in der Halle abgeladen.

Sven war dort nicht zu sehen. Da er auch nicht herauskam, blieben die Kids wachsam auf ihrem Posten.

Inspecteur Vandenbrink stand mit den beiden anderen Polizisten in voller Urlauber-Bekleidung in der Warteschlange an einem Bootssteg in der Innenstadt. Drei Reihen vor ihnen kaufte sich Henk ein Ticket für die Grachtenrundfahrt.

Kees Boom stöhnte. «Jetzt haben wir diesen Henk schon den halben Nachmittag lang beschattet – er treibt sich bloß in der Gegend rum, es passiert überhaupt nichts, und nun geht er auch noch auf eine Bootsrundfahrt!»

«Nett, was?», brummte Vandenbrink. «Wir folgen ihm trotzdem.»

Lilly Bezemer bezahlte die Fahrkarten, und die drei Beamten gingen an Bord.

Zwischen ein paar Touristen hindurch sahen sie, wie Henk sich neben einen gut gekleideten Herrn in Anzug und Krawatte setzte.

Inspecteur Vandenbrink und Lilly Bezemer nahmen eine Sitzreihe davor Platz, während Kees Boom nach hinten ging, um sich eine Zwischenmahlzeit zu besorgen. Beim Warten vor der Verkaufstheke fotografierte er interessiert die Gegend, wobei er besonders darauf achtete, dass Henk und sein Nebenmann mit im Bild waren ...

An der Theke wählte er schließlich eine Portion *Bitterballen*. Das war eine kleinere Ausführung der *Kroketten* – knusprig frittierte Bällchen mit weicher Fleischfüllung, die von den Holländern ebenso heiß geliebt und mit Senf gegessen wurden.

Als das Boot ablegte und aus den Lautsprechern die Ansagen über die Sehenswürdigkeiten zu schallen begannen, schlenderte Boom zurück zu Vandenbrink und Lilly Bezemer.

«Kees!», forderte ihn der Inspecteur lautstark auf. «Komm, mach ein Foto von Lilly und mir auf der Hochzeitsreise!» Er legte den Arm um die Schulter seiner blonden Kollegin und lächelte in die Kamera.

Lilly Bezemer warf ihrem Chef einen befremdeten Seitenblick zu.

Doch Vandenbrink ließ sich dadurch keine Spur

beeindrucken. «Ist es nicht wunderschön in Amsterdam, Schatz?»

Süßlich flötete die Beamtin: «Es ist unübertrefflich!», und fügte gepresst hinzu: «Schatz ...»

«Noch ein bisschen nach rechts!» Boom schaute durch den Sucher seiner Kamera und gab genüsslich die Anweisung: «Und jetzt noch ein wenig näher zusammenrücken!» Beim Anblick von Lilly Bezemers verzogenem Mund konnte er ein Grinsen nicht unterdrücken. «Ja, so ist es schön. Und jetzt: Tschiiihs!»

Die ganze Zeit über hatte er die Videofunktion seiner Kamera laufen, die mit Ton aufnahm. Dass Henk und der Geschäftsmann in der Sitzreihe dahinter gestochen scharf im Bild waren, konnten die beiden natürlich nicht ahnen.

«So, ich hol mir mal was zu trinken», verkündete Boom, als er genügend Material aufgenommen hatte. Er grinste und ging wieder nach hinten.

«Gut», schmunzelte der Inspecteur. «Nicht, dass du uns noch verdurstest!»

Vandenbrink und seine Kollegin betrachteten scheinbar andächtig die vorüberziehenden Sehenswürdigkeiten und schnappten dabei Gesprächsfetzen der leisen Unterhaltung hinter sich auf.

«Okay», murmelte Henk gerade. «Also ein Kilo ‹KingKongs›. Übergabe wann und wo?»

«Du hörst von uns», antwortete der andere. «Wir rufen dich an und werden dann einen unserer Kuriere zum Treffpunkt schicken.»

Bei der nächsten Anlegestelle stieg Henk aus.

Der Geschäftsmann folgte ihm im letzten Moment,

bevor das Boot wieder ablegte. Am Ufer gingen die beiden in verschiedenen Richtungen davon.

«Los, los, Beeilung, Beeilung!», zischte Kees Boom mit einer Dose Cola in der Hand. «Sonst gehen sie uns durch die Lappen!»

«Wir bleiben an Bord», entschied Vandenbrink. «Es wäre sonst zu auffällig.»

Lilly Bezemer rückte ein Stück von ihrem Chef weg. «Der Geschäftsmann», sagte sie leise, «gehört bestimmt zu einem anderen Drogenring, der den Stoff nicht selbst herstellt, sondern auf den Verkauf in großem Stil spezialisiert ist.»

Vandenbrink nickte. «Die ‹KingKongs› sind im Moment besonders in Mode – kleine Ecstasy-Tabletten mit starker Wirkung. Wir beantragen die Abhörung von Henks Telefon, um möglichst den Ort und die Zeit der Übergabe mitzukriegen, die sie vorhin miteinander vereinbart haben.»

«Dazu bräuchten wir aber erst mal die Telefonnummer von diesem Henk», wandte Boom ein. «Wie sollten wir an die denn rankommen?»

«Dafür haben wir natürlich ebenfalls eine Spezialabteilung, was denkst du denn?» Lilly Bezemer sah den langen Beamten von unten herauf an. «Ich hab dir ja gesagt, Amsterdam ist die Welthauptstadt des Ecstasy-Handels – da müssen wir auch entsprechend ausgerüstet sein.»

«Wir schnappen auch so noch viel zu wenig von den Typen», brummte Vandenbrink. «Jedenfalls werde ich sofort einen Abhörantrag beim zuständigen Staatsanwalt einreichen. Die Sache wird ja immer interessanter ...»

Die Kids beobachteten noch immer das KaasTrans-Lagerhaus am Hafen.

«Was tut Sven bloß so lange da drin?», stöhnte Raffi.

«Keine Ahnung.» Simon zuckte die Schultern. «Kommt, wir gehen mal ein bisschen näher ran.»

Sie wagten sich ein Stück vor und linsten in die Halle.

Auch von hier aus war Sven nirgends zu entdecken.

Dafür sahen die Kinder hinter den hemdsärmeligen Arbeitern, die Lasten herumkarrten und aufluden, ganz am Ende der Halle eine breite Hintertür. Daneben saß ein Mann auf einem Stuhl und las Zeitung.

«Sven muss durch diese Tür da gegangen sein», vermutete Debora. «Er kann sich ja nicht in Luft aufgelöst haben.»

«Stimmt.» Mark nickte. «Lasst uns die Sache mal von der Rückseite der Halle aus anschauen!»

«In Ordnung.»

Unauffällig gingen alle am Lagerhaus entlang nach hinten. Antje hielt Zwockel an der Leine, und Raffi quetschte schon wieder Simons Hand.

Am Ende des Gebäudes bogen sie vorsichtig um die Ecke.

Im Hinterhof waren rostige alte Fischerboote auf

PG 16.30-31
KAAST

Betonsockel aufgebockt. Kabelrollen lagen herum, und der Schotterboden war mit Zigarettenstummeln übersät.

«Hier gibt's ja gar keinen Ausgang», stellte Debora überrascht fest. «Aber das kann doch nicht sein – wir haben drinnen ja eine Tür gesehen ...»

«Seltsam», murmelte Simon.

Die Kids versteckten sich hinter einem Fischerboot, um in Ruhe überlegen zu können.

Dabei behielten sie das Gebäude wachsam im Auge. Auf die Rückwand der Halle war in riesigen Buchstaben der Schriftzug KaasTrans gepinselt.

Plötzlich ging das große T auf.

«Was ...?!» Raffi blieb die Luft weg.

«Das ist eine Tür!», wisperte Antje erhitzt. «Die konnte man vorhin unmöglich entdecken, weil sie so gut eingepasst ist und außen keine Türfalle hat – man kann sie nur von innen öffnen!»

Ein Mann trat heraus. Er trug einen weißen Mundschutz, den er nun unters Kinn hinabschob, und zündete sich eine Zigarette an.

«Was ist denn das für einer?», flüsterte Debora. «Leute mit Mundschutz haben wir vorne in der Halle doch gar keine gesehen ...»

«Seltsamer Typ. Wahrscheinlich darf der drinnen nicht rauchen, deshalb kommt er hier raus», vermutete Mark.

Durch die Tür war ein schummriger Flur zu erkennen, der sich in der Dunkelheit verlor.

«Zwischen der breiten Vordertür bei dem Zeitungsleser und der Hausrückseite hier muss es offenbar so etwas wie einen Zwischenraum geben», meinte Simon leise.

«Das hat was», bestätigte Mark. «Von außen wirkt die Halle nämlich ein ganzes Stück länger als vorne der Lagerraum von ‹KaasTrans›.»

Debora runzelte die Stirn. «Sven muss in diesem Zwischenraum drin sein ...»

«Und wir müssen auch rein, wenn wir wissen wollen, was da vorgeht», folgerte Simon.

«Genau!» Fröstelnd nahm Raffi Zwockel ganz nahe zu sich. «Vielleicht stoßen wir dabei auf was ganz Wichtiges! Aber wie sollten wir denn da reinkommen?»

«Gute Frage», flüsterte Antje.

Die Kids ließen sich die Sache durch den Kopf gehen. Bei der Hintertür hier stand der Raucher, und am vorderen Eingang saß der Zeitungsleser – wie könnten sie es bloß an einem von ihnen vorbeischaffen?

Plötzlich hatte Simon eine Idee. Aufgeregt steckten die Kinder die Köpfe zusammen und hörten sich seinen Plan an ...

Im Schutz der Fischerboote schlich Raffi zur Seitenwand des Lagerhauses. Als sie dort verschwunden war, ließen die Kids Zwockel von der Leine.

«Und nun los, Zwockel», tuschelte Debora ihm ins Ohr. «Geh zu dem Mann da rüber! Lauf!»

Sofort sprang der Collie über den Schotter und blieb winselnd vor dem Raucher stehen.

Der Mann verzog gereizt das Gesicht und versuchte den Hund zu vertreiben.

In diesem Augenblick rief Raffi hinter der Halle: «Zwooockel! Wo bist du?»

Sie bog mit unschuldigem Blick um die Ecke und rannte zum Collie. «Da bist du ja! Guter Hund!»

Der Raucher schaute sie grimmig an. Ihm gefiel es offenbar gar nicht, dass sich da jemand auf dem Gelände herumtrieb.

«Verdwijn!», fuhr er Raffi barsch an. «Hier heeft niemand iets te zoeken!»

«Wie bitte? Ich nicht verstehen», sagte die Kleine und fügte wie nebenbei hinzu: «Ich suchen ‹KaasTrans› – wo ich das finden?»

Während sie Zwockel am Halsband fasste, brummte der Mann etwas Unverständliches und deutete um die Ecke.

Raffi machte ein paar Schritte und schaute in die angegebene Richtung. «Wo? Ich können nichts sehen», fiepte sie mit ihrem liebsten Stimmchen. «Tun Sie mir zeigen?»

«Ben je blind?» Genervt schüttelte er den Kopf.

Das war aber auch schon alles. Er machte nicht die geringsten Anstalten, sich von der Stelle zu rühren.

Was nun, fragte sich Raffi verzweifelt. Wie krieg ich den Typen bloß von der Tür weg?

Da fiel ihr ein altbewährter Trick ein.

Mit zitternden Lippen sog sie tief Luft ein und begann zu schniefen. Dazu wischte sie sich ein Tränchen ab, das eigentlich gar nicht vorhanden war. «Ich nach Hause wollen», schluchzte sie herzergreifend. «Ich nie mehr nach Hause finden!»

«Aaaach!», brauste der Raucher auf.

Doch nun reichte es ihm. Um die Kleine endlich loszuwerden, ging er mit ihr um die Ecke und zeigte ihr weiter vorne den Eingang von KAASTRANS.

Auf diesen Moment hatten die Kinder gewartet. Sobald der Mann außer Sicht war, huschten Simon, Debora und Mark durch die offen stehende Tür ins Lagerhaus hinein. Antje blieb hinter dem Fischerboot versteckt, damit nachher die Kleine nicht alleine draußen wäre.

«Vielen Dank!», war Raffis lauter Ruf von weitem zu hören: «Schö-nen Ta-ag!»

Eine explosive Entdeckung

11

Im schummrigen Flur beim Hintereingang des KaasTrans-Lagerhauses zweigte unmittelbar links eine Tür ab. Simon, Debora und Mark huschten daran vorbei die Diele entlang. Ganz oben in der linken Mauer fiel Licht durch einzelne Öffnungen. Eine wirkliche Deckenbeleuchtung gab es nicht.

Am Ende des Korridors fanden die Kids auf der rechten Seite eine Art Maschinenraum. In der Dunkelheit waren Heizkessel und eine riesige Klima-Anlage zu erkennen – die Geräte sorgten für eine gleichbleibende Temperatur vorne in der Lagerhalle, damit die Güter keinen Schaden nahmen.

Rasch schlüpften die Kinder in den finsteren Raum und verbargen sich hinter dem großen Klima-Apparat, der gleichmäßig vor sich hin surrte.

Von draußen war zu hören, wie der Raucher wieder ins Gebäude trat und gleich durch die erste Tür nach dem Eingang eine Treppe hinabstapfte.

Debora stieß erleichtert Luft aus. «Puh, zum Glück ist der nicht hierher gekommen ...»

Vorsichtig schlichen die drei in den Flur zurück.

Dort musterten sie die hochgelegenen Mauerluken, durch die Helligkeit aus dem angrenzenden Raum strömte.

Die Kinder gaben sich ein Zeichen und zogen behutsam ein paar herumstehende Holzkisten heran. Geräuschlos stiegen sie hinauf und blickten oben durch die Luken.

Gleißendes Neonlicht blendete ihre Augen.

Als sie sich ein wenig daran gewöhnt hatten, staunten sie nicht schlecht.

Die Einrichtung unter ihnen wirkte topmodern und stand in krassem Gegensatz zur ganzen restlichen Umgebung – es sah aus wie ein Chemielabor, in dem ein geschäftiges Treiben herrschte. Überall brodelte, blubberte und schäumte es. Verschiedenfarbige Flüssigkeiten liefen durch Glasröhrchen, schimmernde Apparate zischten und fauchten. An der rückwärtigen Mauer standen große Fässer mit Chemikalien, und in der Luft hing weißer Pulvernebel.

Einige Männer mit Mundschutz, hellen Arbeitskitteln und durchsichtigen Handschuhen arbeiteten an den Geräten. Zwei weitere überwachten den Betrieb und machten sich von Zeit zu Zeit Notizen.

«Da ist ja unser Raucher von vorhin», flüsterte Debora. «Und dort drüben ...»

Sie schaute zu der breiten Tür auf der anderen Seite des Raums. Daneben stand Sven. Er trug ebenfalls einen Mundschutz, war aber an seiner Kapuze zu erkennen.

«Sven ist tatsächlich hier», murmelte Simon. «Und es gibt wirklich einen Zwischenraum – und was für einen! ...»

Aufmerksam beobachteten die Kids weiter das Treiben in der Anlage unter ihnen. Ganz links am Anfangspunkt wurden Flüssigkeiten durch Erhitzen in Puder umgewandelt, am anderen Ende der Produktionsstraße presste ein Gerät das Pulver in Pillenform. Dabei stäubte es hoch und lagerte sich überall ab – der feine weiße Staub lag wie ein Schleier auf den Apparaturen und der Schutzkleidung der Männer.

In diesem Moment trat Sven zu der Maschine ganz rechts außen, die gerade wieder eine Serie von Pillen ausspuckte. Er nahm eine Tablette aus dem Auffangkorb und musterte prüfend die Prägung. Sie zeigte den Kopf eines Gorilla-Riesenaffen. Sven lächelte zufrieden und warf die Pille zu den anderen zurück.

Dann ging er zu einem der Überwacher. «Also, alles klar», sagte er laut über das Getöse hinweg. «Morgen ist die Lieferung mit den ‹KingKongs› für Frankys Leute bereit, und übermorgen Abend findet die Übergabe an seinen Kurier statt.»

Die Kids warfen sich einen Blick zu. «Na, das ist ja interessant ...», flüsterte Simon angespannt.

Sofort schauten sie wieder in den Raum hinab.

Dort verabschiedete sich Sven gerade von dem Überwacher und verließ die Anlage vorne durch die breite Tür beim Zeitungsleser.

«Los!», wisperte Debora aufgeregt. «Zischen wir hinten raus, um ihm zu folgen!»

Die beiden Jungs nickten.

Alle drei stiegen von den Holzkisten hinunter.

Sie passten dabei gut auf – doch trotzdem kippte Marks Kiste plötzlich um.

Er konnte sie nicht mehr festhalten, und sie krachte mit einem lauten Knall zu Boden.

Unten in der Anlage waren aufgeregte Stimmen zu hören: «Wat was dat? Is daar iemand?!»

Die Kinder starrten sich geschockt an und blickten zum Hinterausgang. Falls sie es bis dorthin schaffen würden, so überlegten sie gehetzt, käme vielleicht gerade jemand aus dem Chemielabor herauf und würde sie bei der Tür erwischen ... Das war eindeutig zu gefährlich.

Daneben gab es nur noch eine einzige Möglichkeit.

Sie zögerten keine Sekunde länger. Hals über Kopf huschten sie in den dunklen Maschinenraum und verbargen sich hinter dem riesigen Klimagerät.

Draußen kamen Schritte den Korridor entlang.

Kurz darauf sahen sie den Raucher in der Diele. Er schaute sich wachsam um. Dann näherte er sich ihrer Tür und spähte in den Raum herein.

Die Kids hielten die Luft an.

Der Mann kniff seine Augen zusammen, um in der Finsternis besser sehen zu können.

Aufmerksam ließ er den Blick über jede Einzelheit schweifen.

Die Kinder dachten, jetzt würde er sie jeden Moment entdecken. Deboras Herz pochte wild, und auch der Puls von Simon und Mark raste.

Nach einer qualvollen Ewigkeit drehte der Raucher den Kopf weg. Argwöhnisch betrachtete er im Flur die Kisten unterhalb der Mauerluken.

«Ronnie mag hier eens opruimen», brummte er unheilvoll.

«Oh-oh», flüsterte Debora hinter der Klima-Anlage. «Was hat er gesagt?»

Mark verzog die Lippen. «Dass ... Ronnie hier wieder mal aufräumen muss ...»

In der Diele wandte der Mann sich ab, schlurfte davon und stapfte dann wieder die Treppe zum Chemielabor hinunter. «Ik heb niks gevonden!», rief er seinen Kollegen zu. «Daar was niks!»

Im dunklen Maschinenraum wischten sich die Kinder Schweiß von der Stirn. «Das war ja ganz schön knapp! Haarscharf ...»

Doch sie blieben noch eine Weile in ihrem Versteck und warteten ab, um vollkommen sicherzugehen.

Als sich draußen nichts mehr tat, schlichen sie angespannt los.

Am Ende des Raums warfen sie vorsichtig einen Blick in die dämmrige Diele.

Sie war leer.

Mit angehaltenem Atem huschten die Kids durch den Flur zum Hinterausgang.

Äußerst behutsam öffneten sie die Tür. Trotzdem gab sie ein Quietschen von sich – nicht sehr laut, doch den Kids fuhr es durch und durch.

Hastig schlüpften sie hinaus und machten schnell wieder zu.

In Windeseile rannten sie am Lagerhaus entlang nach vorne. Dort hielten sie kurz an und spähten um die Ecke in die Halle.

Sven war nirgends zu entdecken. Auch auf dem Gelände davor gab es keine Spur von ihm. Es sah ganz so aus, als wäre er ihnen entwischt ...

Ansonsten wirkte alles normal. Arbeiter entluden

ADAMER-Kisten aus KAASTRANS-Lastwagen, es herrschte ein geschäftiges Treiben. Niemand schien sie zu beachten.

Die Kids traten aus dem Schatten der Hausmauer und eilten los. Auf dem kürzesten Weg zum vorher vereinbarten Treffpunkt mit Raffi und Antje bei den Hafen-Docks ...

In der Altstadt-Wache besprach Inspecteur Vandenbrink mit seinem Team den Fall. Die drei Beamten saßen in Vandenbrinks Büro und trugen wieder ihre Polizeiuniformen.

«Wir kommen der Sache allmählich näher», sagte der Inspecteur. «Was wir bei Henks Verfolgung aufgeschnappt haben, genügt, um eine weitere Beschattung zu beschließen, da der Verdacht auf Drogenhandel erhärtet ist.»

«Und sein Telefon?» Kees Boom biss in einen Donut-Kringel.

«Konnte inzwischen in Erfahrung gebracht werden. Die Abhörung ist bereits beantragt und wird so schnell wie möglich eingerichtet.»

Lilly Bezemer fuhr sich über ihr blondes Haar und richtete sich im Stuhl auf. «Es ist ziemlich klar, dass Henks Drogenring das Ecstasy nicht nur verkauft – wie die Organisation des ‹Geschäftsmanns› das tut, mit dem sich Henk auf dem Touristen-Boot getroffen hat –, sondern den Stoff auch selbst herstellt.»

«Korrekt.» Vandenbrink schaute Kees Boom an. «Da wir Henks Ring nun immer dichter auf die Pelle rücken, ist das wichtig zu wissen. Falls wir bei der Beschattung auf ein Laboratorium zur Herstellung von Ecstasy stoßen, müssen wir es auf der Stelle schließen.»

«Was?», fragte Boom befremdet. «Und wenn uns dadurch der Rest der Bande durch die Lappen geht?»

«Das müssten wir in Kauf nehmen. Es wäre schlicht zu gefährlich, ein Labor weiter laufen zu lassen. Dort wird mit feuergefährlichen Stoffen hantiert – die Vermengung der Chemikalien ist so heikel, dass es zu einer Explosion kommen könnte. Allein die Glut einer Zigarette würde schon genügen, um das ganze Haus in die Luft zu jagen.»

«Wir dürfen kein Risiko eingehen», erklärte Lilly Bezemer. «Selbst wenn dabei der Erfolg einer Untersuchung auf dem Spiel steht. Die Sicherheit der Bürger, besonders der Bewohner in der Gegend eines Labors, geht vor.»

«Also, hör zu.» Der Inspecteur wandte sich ernst an Boom. «Falls wir ein Labor entdecken, dürfen wir nicht einfach so reingehen. Dafür gibt es ein spezialisiertes Team: Die rücken in Schutzanzügen mit Masken und Sauerstoff-Flaschen an. Sonst bekämen sie eine Überdosis, wenn sie das herumstäubende Pulver einatmen würden.»

«Die Leute, die für einen Drogenring in einem Labor arbeiten, müssten eigentlich auch mit Sauerstoff-Flaschen ausgerüstet sein», führte Lilly Bezemer aus. «Aber viele benützen nur einen Mundschutz.»

Vandenbrink nickte. «Ich war einmal in einem Wohnwagen-Labor in Amsterdam. Ein kleiner Raum mit einer winzigen Tablettier-Maschine. Alles war weiß. Und der Schutz des Ecstasy-Herstellers war bloß eine schmale Mundkappe mit einer dicken Schicht Pulver drauf. Dabei kann eine Überdosis tödlich sein. Also: Vorsicht bei Verdacht auf ein Labor!»

Verloren im verbotenen Viertel

12

Die Kinder fanden bei den Hafen-Docks Raffi, Antje und Zwockel am vereinbarten Ort.

«Ist Sven hier vorbeigegangen?», fragte Simon aufgeregt und blickte zurück, um zu überprüfen, ob ihnen jemand folgte. Doch da war keiner zu sehen.

Die Mädchen schauten sich überrascht an. «Sven? Warum denn?»

«Also kam er nicht hier durch. Tja, dann ist er wohl in die andere Richtung verduftet ...»

«Was?»

«Er hat das Lagerhaus kurz vor uns verlassen!», erzählte Debora und schilderte, was in dem Anbau der Halle vorgefallen war. «Das Ganze», schloss sie, «sieht irgendwie aus wie eine Chemiefabrik, in der Pillen gemacht werden ... vielleicht sogar *Ecstasy*-Pillen!»

«Echt?», stieß Raffi mit leuchtenden Augen hervor.

«Aber denkt an Sven», warf Antje ein. «Nun haben wir ihn verloren ...»

«Immerhin wissen wir, wo er wohnt», meinte Simon. «Lasst uns jetzt so schnell wie möglich aus dieser Gegend verschwinden. Ab nach Hause!»

Er nahm Zwockel an der Leine, und die Kinder eilten durch die engen, heruntergekommenen Gassen zurück nach China-Town.

Unterwegs hörten sie plötzlich wütendes Gebrüll. Beim Näherkommen sahen sie, dass ein paar düstere Typen vor einem Hauseingang in einen Streit verwickelt waren und sich gegenseitig herumstießen und anschrien.

«Machen wir, dass wir weiterkommen», murmelte Mark.

Raffi bibberte vor Bammel. Auch die restlichen Kinder wollten sich nicht länger als unbedingt nötig hier aufhalten und legten ein anständiges Tempo vor. Zwockel tippelte wachsam neben ihnen her.

«Bald», eröffnete Antje nach einer Weile, «haben wir's geschafft und sind raus aus dem verbotenen Viertel.»

«Na, dann ist ja gut», sagte Debora. «Also hier gehen wir nie wieder rein!»

Simon nickte. «Jetzt wissen wir, weshalb uns Caroline die ganze Zeit davor gewarnt hat! Das ist ja wirklich ganz schön gefährlich ...»

Als die Gassen endlich etwas heller wurden und hauptsächlich von Chinesen bevölkert waren, atmeten die Kinder schon mal ein bisschen auf.

Kurz danach bemerkte Raffi an einer Ecke einen Mann, der Geräusche wie ein Vogel machte.

Er sprach sie im Vorbeigehen an, und sie schaute ihm fasziniert zu, wie er dieses verblüffende Zwitschern von sich gab. Dazu legte er sich ein Plättchen auf die Zunge, drückte es gegen den Gaumen und blies Luft aus.

Lächelnd streckte er der Kleinen ein Plättchen hin und forderte sie auf, es auch mal zu versuchen.

Sie probierte es, doch dabei kam überhaupt kein Geräusch heraus, schon gar nicht ein Zwitschern.

«Du kannst das!», meinte der Mann. «Musst nur ein bisschen üben!»

Darauf kaufte sich Raffi das Plättchen wirklich und wollte die anderen Kinder damit überraschen.

Doch die waren alle weg.

In der ganzen Gegend gab es bloß noch Chinesen, so weit das Auge reichte.

Rasch trat Raffi in eine Gasse und ließ den Blick über das Menschengewimmel schweifen. Aber die Kids waren in der Menge nirgends zu entdecken.

Dann, dachte Raffi, sind sie vielleicht hinter der nächsten Hausecke, und sie sprang hin.

Auch hier kein bekanntes Gesicht im wuselnden Getümmel.

Schnell versuchte sie es in der angrenzenden Straße. Und so verlief sie sich zusehends tiefer in dem Gewirr aus Leuten und Gassen, bis sie keine Ahnung mehr hatte, wo sie sich befand.

«Bitte, lieber Jesus, hilf mir, dass ich die anderen wiederfinde!», stöhnte sie verzweifelt und schickte ein Stoßgebet zum Himmel, dass ihr nichts geschehen würde, so ganz allein in dieser gefährlichen Gegend ...

Plötzlich merkten die Kinder, dass Raffi nicht mehr bei ihnen war.

«Auweia», murmelte Debora bleich.

Die Jungs rannten sofort los und schauten um Hausecken und in umliegende Gassen.

Doch da war keine Spur von Raffi.

«Jetzt ist es passiert!» Debora war den Tränen nahe. «Nun haben wir sie wirklich verloren! Und das ausgerechnet in China-Town!»

«Wo könnte sie denn bloß stecken?», fragte Antje beklommen. «An welcher Stelle haben wir sie zuletzt gesehen?»

Die Kinder dachten angestrengt nach.

«Lasst uns den gleichen Weg zurückgehen», schlug Simon vor. «Wenn wir Glück haben, ist sie einfach stehen geblieben, wo wir sie verloren haben!»

«Einverstanden!»

Sie kehrten um und hörten schon in der ersten Gasse ein Kind weinen.

Eilig folgten sie dem Geräusch. Ihr Puls schlug höher, ihre Hoffnung stieg.

Als sie näher kamen, sahen sie allerdings, dass es ein quengelnder chinesischer Junge war, der von seiner Mutter beruhigt wurde.

Hastig gingen sie weiter und gelangten auf einen kleinen Platz.

«Da!» Antje zeigte auf ein Mädchen.

Es trug ein AMSTERDAM-T-Shirt. Und aus dem dunklen Haar ragte ein Zöpfchen hervor ...

«Raffi!», rief Debora.

Aufgeregt rannte Simon hin und berührte das Mädchen an der Schulter.

Doch als es sich umdrehte, stellte sich heraus, dass es ein anderes Kind war.

Nun kriegten die Kids echt Panik.

«Bitte, bitte», schniefte Debora verzweifelt. «Lass uns Raffi wiederfinden ...»

Simon trat wortlos zu ihr und Antje, dann legte er den Mädchen tröstend die Arme um die Schultern.

«Hoffentlich», sagte Mark mit einem mulmigen Gefühl, «wird das gutgehen ...»

Derweil irrte die Kleine allein in China-Town herum. Die Gassen sahen alle gleich aus. Raffi hatte keinen Schimmer, was sie tun sollte. Um sie herum war ein vielstimmiges Geschnatter in asiatischen Sprachen zu hören, und seltsame Düfte strömten aus den Garküchen und Imbissstuben. Überladene Schaufenster zeigten kauzig lächelnde Buddha-Statuen und handgemalte chinesische Landschaftsbilder und goldene, schreckenerregende Drachen ...

Verloren im emsigen Treiben inmitten der zahllosen Leute holte Raffi die Box mit der Maus aus ihrem Rucksack. Sie öffnete sie einen Spaltbreit und fiepte hinein: «Mäuseken, du bist doch aus Amsterdam – du kennst dich bestimmt hier aus und kannst mir sagen, wo ich langmuss, oder?»

Doch die Maus streckte bloß die Nase heraus und wippte mit den Schnauzhaaren auf und ab.

Sachte schob Raffi den Deckel wieder zu.

Sie stellte sich an den Wegrand und dachte angestrengt nach. Am besten wäre es vielleicht, zu dem Vogelzwitscher-Mann zurückzukehren, überlegte sie. Ihre Eltern hatten immer gesagt, wenn eins von den Kindern verloren ginge, solle es genau an der Stelle warten, bis die anderen zurückkämen. Würde es nämlich auch noch weggehen, hätte man keine Ahnung mehr, wo man nach ihm suchen sollte. Das war's!

Mit neuer Hoffnung stapfte sie los.

Doch in dem Gassengewirr musste sie schon bald einsehen, dass sie den Vogelmann nicht finden würde. Niemals. Es war aussichtslos.

Ihr blieb nur noch eins – sie musste jemanden fragen.

Raffi nahm allen Mut zusammen und trat an einen Stand, an dem Frühlingsrollen angeboten wurden. Schüchtern sprach sie die freundlich aussehende Chinesin dahinter an. Da ihr klar war, dass die Frau wohl kaum ihre Sprache verstand, versuchte Raffi es mit etwas, das sie für Holländisch hielt.

«Ik welen was wissen bitte», begann sie treuherzig. «Wo sein de Vochelpfiffer?»

Das Gesicht der Verkäuferin war ein großes Fragezeichen vor lauter Verwirrung. Sie verstand kein einziges Wort.

Da holte Raffi das Zwitscher-Plättchen hervor und hoffte damit ein Geräusch zu erzeugen. Natürlich gelang es auch diesmal nicht.

Allerdings gab sie noch nicht auf. Sie versuchte ihre Frage auf eine andere Art darzustellen.

Wie ein Vogel schwang sie die Arme auf und ab und pfiff dazu ein paar schräge Töne.

Nun hellte sich die Miene der Chinesin auf. Sie lächelte, nickte überschwänglich und gab Raffi mit Handzeichen zu verstehen, dass sie hier warten solle. Dann eilte die Verkäuferin nach hinten in den Laden. Gleich darauf brachte sie etwas mit sich zurück.

Es war ... ein gebratenes Hähnchen.

Strahlend hielt sie es Raffi hin.

Die Kleine hätte fast lachen müssen, wäre die Lage nicht so ernst gewesen.

Sie schüttelte den Kopf und winkte ab.

Nun wusste sie auch nicht mehr weiter.

Oder vielleicht doch? ... Die Ziehbrücke fiel ihr ein, die am Rand von China-Town stand. Wenn sie dorthin fände, könnte sie immerhin das verbotene Viertel verlassen ...

Sie nahm einen neuen Anlauf. Mit beiden Händen stellte sie das Aufklappen der Brücke dar und ahmte dazu das Geräusch eines hindurchfahrenden Bootes nach.

Diesmal begriff die freundliche Chinesin. Fröhlich nickte sie mindestens zehnmal und zeigte der Kleinen beschwingt, in welche Richtung sie gehen müsste. Und zum Abschied schenkte sie ihr einen süßen kleinen Reiskuchen.

Raffi bedankte sich artig und machte sogar einen leichten Knicks.

Dann folgte sie dem beschriebenen Weg und begann unterwegs den leckeren Kuchen zu essen.

Am Ende der Gasse bog sie ab, und ...

Jemand rannte voll in sie hinein: ein Junge, der hastig um die Ecke kam.

Vor Schreck ließ Raffi den Reiskuchen zu Boden fallen.

Als sie den Jungen richtig ansah, staunte sie nicht schlecht.

Es war ihr Bruder. Simon. Er sah sie verblüfft an.

«Ja Pingu!», stieß die Kleine hervor.

Nun kamen auch die anderen Kinder mit Zwockel angerannt.

Der Collie hüpfte bellend an Raffi hoch und begrüßte sie stürmisch, wedelte wild mit dem Schwanz und versuchte, ihr Gesicht abzulecken. Obwohl sie das sonst nicht so mochte, ließ sie es diesmal geschehen, so erleichtert war sie ...

Daneben wischte sich Debora eine Freudenträne aus dem Auge. «Mann o Mann!», seufzte sie erlöst auf.

Als Zwockel sich ein wenig beruhigt hatte, schaute Raffi die anderen an. «Bin ich froh, dass ich euch gefunden habe!»

«Und wir erst!», riefen Simon und Antje gleichzeitig.

Auch Mark fiel ein Stein vom Herzen.

«Junge, Junge», stöhnte Simon und klopfte der Kleinen lächelnd auf die Schulter. «Jag mir nie mehr so einen Schrecken ein, Schwesterchen! Zum Glück bist du wieder da!»

Ein gefährlicher Plan

13

Am Abend trafen sich die Kinder auf dem Hausboot, während Opa und Caroline oben in der Wohnung gemeinsam eine von Großvaters Miss-Marple-Krimikassetten hörten.

Die Kids saßen an Deck auf Gartenstühlen. Der romantische Sonnenuntergang spiegelte rotes Licht auf dem Wasser, und gelegentlich tuckerte ein Boot in der Gracht vorüber.

Zwockel räkelte sich wohlig zwischen Debora und Mark auf den warmen Holzplanken. Bei der verträumten Abendstimmung hätte Antje gerne neben Simon gesessen, doch Raffi hatte sich diesen Platz schon geschnappt.

«Einfach toll, was wir heute alles rausgefunden haben!», schwärmte die Kleine.

«Ja, echt.» Simon zählte an den Fingern ab: «Wir wissen jetzt, in welchem Haus Sven wohnt. Wir haben in der Lagerhalle dieses merkwürdige Labor entdeckt. Und wir haben aufgeschnappt, dass es übermorgen Abend eine Drogenübergabe geben wird!»

«Da könnte Sven doch mit den Drogen erwischt werden!», meinte Antje aufgeregt. «Wenn die Polizei ihn dort verhaftet, liegen eindeutige Beweise gegen ihn vor, und er kommt diesmal endgültig ins Gefängnis!»

«Das schon», entgegnete Debora. «Aber wir wissen ja nicht, wo und wann genau dieser Handel stattfinden wird.»

«Stimmt.» Mark nickte. «Solange wir nichts Eindeutiges in der Hand haben, können wir die Polizei nicht einschalten. Dasselbe gilt auch für diese seltsame Chemiefabrik ...»

«Wir müssten mehr über diese Übergabe rausfinden», sagte Raffi.

«Das ist leichter gesagt als getan», murmelte Simon. «Sven wird's sicher nicht in der Welt rumerzählen, das läuft doch alles so geheim ab. Also würde es wohl nicht viel bringen, ihn zu verfolgen und dabei zu hoffen, es auf diese Weise zu erfahren.»

«Das wäre völlig aussichtslos», pflichtete Antje bei. «Und selbst wenn wir den Handel beobachten könnten – bis wir die Polizei gerufen hätten und sie am Tatort ankäme, wären die Drogenverkäufer doch längst über alle Berge.»

«Hundertpro.»

«Aber was könnten wir denn sonst machen?»

«Moment mal!» Debora blickte auf. «Wir haben doch in dem eigenartigen Labor gehört, dass die Lieferung für die Bande eines gewissen Franky bestimmt ist, und dass der einen Kurier schicken wird ...»

«Ja, und?»

«Wenn nun *wir* statt Franky einen ‹Kurier› zu Sven senden, um den Zeitpunkt und den Ort der Übergabe zu besprechen – dann kriegen wir das schon vorher raus!»

«Was?» Mark guckte sie verwirrt an. «Das war jetzt ein bisschen zu schnell für mich!»

«Ich weiß, was sie meint», schaltete Simon sich ein. «Wir könnten jemanden zu Sven schicken, der sich als Frankys Kurier ausgibt. Sven rechnet ja damit, dass einer mit ihm Kontakt aufnimmt. Wenn unser Kurier sagt: ‹Franky schickt mich›, wird Sven bestimmt auf den Trick reinfallen.»

«Genau! So wüssten wir rechtzeitig, wo der Handel stattfindet, und könnten die Polizei früh genug benachrichtigen! Und die könnte Sven dann bei der Übergabe mitsamt dem Stoff festnehmen!»

«Das ist *die* Idee!», rief Raffi begeistert. «Jetzt ist der richtige Augenblick gekommen, auf den wir gewartet haben! Genau wie Opa gesagt hat, ganz eindeutig!»

«Aber eins ist mir noch nicht klar», wandte Antje ein. «Wir schicken einen Kurier – wen denn?»

Simon schaute sie ernst an. «Einen von uns hier ...»

«Der Plan könnte zwar hinhauen», murmelte Mark. «Doch die Sache wäre ganz schön gefährlich ...»

«Da hast du Recht», gab Debora zu. «Das Wagnis wäre sehr groß ...»

«Jetzt sind wir so nahe dran», erwiderte Simon. «Endlich könnten wir das Problem ein für allemal lösen!» Er schaute die Kids an. «Was sollen wir denn sonst tun? Ich sehe keine andere Möglichkeit mehr ...»

«Es ist schon so», meinte Antje. «Entweder wir machen es auf diese Weise, oder wir geben endgültig auf. Wir haben keine andere Wahl.»

«Aufgeben kommt nicht in Frage», sagte Simon. «Stellt euch vor, Sven rückt mit einer Horde Kumpels in unserem Dorf an!»

«Dann ...» Raffi schauderte. «Ich darf gar nicht dran denken!»

«Und wenn wir immer ganz in der Nähe unseres ‹Kuriers› bleiben würden?», schlug Debora vor. «Dann könnten wir sofort eingreifen, falls irgendetwas schiefgehen sollte.»

«Ja, so könnte es vielleicht klappen», fand Mark. «Aber ... wer wäre denn nun unser Kurier? Er müsste zunächst mal Sven treffen, um herauszufinden, wo und wann die Übergabe stattfinden soll, und dann auch tatsächlich dort hingehen, damit Sven keinen Verdacht schöpft und die Polizei ihn auf frischer Tat schnappen kann.»

«Hmmm», überlegte Raffi. «Sven kennt Simon, Debi und mich aus unserem Dorf ...»

«Ich mach's trotzdem», sagte Simon. «Ich zieh mir eine Kapuze ins Gesicht, damit er mich nicht erkennt!»

«Vergiss es.» Mark schüttelte den Kopf. «Der ist viel zu clever, der würde das merken. Ihr drei kommt nicht in Frage.» Er beugte sich vor und deutete auf sich. «Ich mach's.»

«Auf keinen Fall», wehrte Simon ab. «Das können wir nicht von dir verla...»

«Doch», entgegnete Mark. «Ich tu's.»

Debora sah ihn aus leuchtenden Augen an. «Das ist sehr mutig ...»

«Leider geht das auch nicht, Mark», warf Antje ein. «Du warst ebenfalls schon in der Nähe von Sven – als du ihn in dem Straßencafé am Nieuwmarkt belauscht hast. Das Risiko, dass er dich wiedererkennt, wäre zu groß.»

«Dieses Risiko gehe ich ein.»

«Nein, dadurch würdest du vielleicht die ganze Aktion gefährden», beharrte Antje. «Es gibt nur eine Möglichkeit, die klappen könnte.» Sie holte tief Luft. «Wenn *ich* es tue.»

«Viel zu gefährlich!», brauste Simon auf.

«Genau», bekräftigte Mark. «Unmöglich!»

«Warum?» Antje musterte die Jungs mit einem leisen Lächeln. «Traut ihr mir's etwa nicht zu? Weil ich ein Mädchen bin?»

«Darum geht's doch gar nicht», stieß Mark mit einer wegwerfenden Handbewegung hervor.

«Antje, du würdest das wirklich tun?» Raffi schaute sie bewundernd an.

«Ja, für euch tu ich es», antwortete Antje und blickte dabei Simon tief in die Augen.

Ihm wurde es ganz warm ums Herz. Er stand auf und umarmte sie innig.

Als Simon wieder in seinem Stuhl saß, bemerkten die Kids, dass die Sonne inzwischen am Horizont versunken war. Im Dunkeln befanden sie sich deswegen trotzdem nicht. Die Laternen an der Gracht entlang, die vielen mit Lichterketten beleuchteten Brücken und die bunten Glühbirnen auf den vorüberfahrenden Booten schimmerten wunderschön in der Nacht.

«Aber wartet mal», sagte Debora plötzlich mitten in die beschauliche Stimmung hinein. «Eins haben wir total vergessen!» Sie setzte sich aufrecht hin. «Der echte Kurier könnte sich doch auch bei Sven melden. Und bei der Drogenübergabe ... da könnten die Leute von Franky ja ebenfalls auftauchen! Dann würde die ganze Sache auffliegen.»

«Und wir werden erwischt!»

«Oh-oh ...», machte Raffi. «Mit solchen Leuten ist nicht zu spaßen!»

«Da dran haben wir nicht gedacht ...», murmelte Simon, und alle verfielen in nachdenkliches Schweigen.

Auf einmal hatte Mark eine Idee. «Wir müssen ihnen zuvorkommen und die Sache vorverschieben.»

«Vorverschieben?»

«Ja. Beim ersten Treffen mit Sven könnten wir doch verlangen, dass der Handel schon morgen über die Bühne geht, also einen Tag vor der geplanten Übergabe. Sven sagte ja in dem sonderbaren Labor, die Lieferung wäre morgen bereit und würde übermorgen Abend an Frankys Kurier ausgehändigt.»

«Hey, das könnte tatsächlich hinhauen!» Debora strahlte ihn an. «Wenn Sven auf unseren Vorschlag eingeht, dann könnten Frankys Leute uns gar nicht in die Quere kommen, weil wir einen Tag früher dran sind!»

«Genau», sagte Mark.

«Okay», fand Simon nach reiflicher Überlegung. «Lasst es uns so versuchen.»

In diesem Augenblick ging am Grachtenhaus gegenüber ein Fenster auf.

«Kinder!», rief Caroline heraus. «Es ist Zeit fürs Schlafengehen!»

«Ja, wir kommen gleich!», antwortete Antje laut.

Nach letzten kurzen Absprachen standen die Kinder auf und verabschiedeten sich voneinander.

Dabei flüsterten sie sich verstohlen zu: «Also – morgen geht's los! Dann werfen wir das Netz nach Sven aus!»

Im engen Badezimmer des Hausboots drängelten sich die Kids beim Zähneputzen und Duschen. Danach gingen sie gleich zu Bett.

Zwockel blieb bei ihnen – er durfte wieder in Simons Kajüte in der freien Koje neben ihm schlafen.

Nach diesem langen, ereignisreichen Tag waren alle erschöpft und schliefen sofort ein.

Doch mitten in der Nacht erwachte Debora plötzlich.

Oben an Deck war ein Knarren zu hören.

Angespannt starrte sie in die Dunkelheit.

Da war es wieder. Es klang wie tappende Schritte.

Debora stockte der Atem.

Leise schlüpfte sie aus dem Bett und weckte Raffi. Dabei hielt sie ihr sachte die Hand auf den Mund, deutete nach oben und flüsterte: «Kannst du das auch hören?»

Die Kleine rieb sich die Augen und horchte aufmerksam in die Nacht hinein.

Nach einer Weile nickte sie. «Was ist das?», fragte sie ängstlich.

Debora nahm Raffi bei der Hand. «Komm mit!»

Mit pochenden Herzen schlichen die Mädchen zu Simons Kajüte hinüber, huschten hinein und rüttelten den Jungen aus dem Schlaf.

«Was ist denn?», murmelte er mit ausgetrockneter Stimme.

«Da oben ist wer an Bord!», hauchte Debora bange.

Sofort schreckte Simon hellwach auf.

Direkt über ihnen knarrte eine Holzplanke. Und dann gleich noch einmal.

Fröstelnd wisperte Debora in der Finsternis: «Vielleicht hat Sven mich am Nachmittag vor seinem Haus doch gesehen, als ich rausrannte! Und ist uns danach hierher gefolgt, ohne dass wir's merkten!»

«Hmm», überlegte Simon. «Das könnte tatsächlich sein ...»

«Meint ihr wirklich?» Raffi verging fast vor Angst. «Auweia, auweia!»

Die Kids lauschten angestrengt und spähten durch die Fensterluke. Dort war nichts zu entdecken. Bloß auf der anderen Seite der Gracht schimmerte der fahle Schein einer Laterne durch das Laubwerk eines Baums.

Da war an Deck wieder dieses Tappen zu hören.

Zwockel stellte die Ohren hoch und begann bedrohlich zu knurren.

Wortlos stand Simon auf.

Er holte draußen in der Kombüse die schwere

Taschenlampe, knipste sie an und schlich damit durch den Wohnraum zum Eingang des Hausboots.

«Ihr beide geht in euer Zimmer», wies er die Mädchen leise an. «Dort schließt ihr euch ein! Dann seid ihr verschanzt, falls ...»

«Bitte bleib hier, Simon», flehte Raffi. «Bitte!»

Der Junge schüttelte den Kopf. «Tut, was ich sage. Ich werde jetzt mit Zwockel nach oben gehen und nachschauen.»

Widerstrebend verschwanden die Mädchen in ihrer Kajüte. Debora schob ächzend eine schwere Truhe vor den Eingang und verrammelte die Tür damit. Anschließend holte sie ihr Handy hervor und wählte hastig Marks Nummer – so bräuchte sie bloß noch den Rufknopf zu drücken, falls was schiefginge ... falls ... hoffentlich nicht ...

Draußen im Wohnraum drehte Simon langsam den Schlüssel in der Hausboot-Tür.

«Zwockel, du bist mucksmäuschenstill, klar?!»

Der Collie sah ihn treu an.

Behutsam machte der Junge die Tür auf. Sie gab nicht das leiseste Quietschen von sich – zum Glück ...

Simon wartete einen Moment und horchte angespannt.

Als nichts zu hören war, nahm er den Hund sanft an seine Seite und stieg mit ihm vorsichtig die schmalen

Treppenstufen hoch. Dabei schaute er sich immer wieder wachsam um.

Oben angelangt, war auf den ersten Blick niemand an Deck zu sehen.

Doch Zwockel begann wieder zu knurren. Simons Nackenhaare stellten sich auf, und ein eisiges Prickeln lief ihm über den Rücken.

Er wandte sich um und leuchtete mit der Taschenlampe die Seitenreling entlang nach hinten.

Da erfasste der helle Schein eine kauernde Gestalt.

Zwei helle Augen glühten orange-rot im Lichtstrahl.

Jetzt war Zwockel nicht mehr zu halten. Er bellte furchterregend und rannte los.

Im Schein der Lampe sah Simon, wie sich der Collie auf einen Hund stürzte. Die glühenden Augen gehörten einem verwilderten Straßenmischling, der sich jedoch auf keinen Kampf mit Zwockel einließ, sondern mit eingezogenem Schwanz vom Boot stob und das Weite suchte.

Aber Simon atmete deswegen nur halbwegs auf. Dieses Tappen, fragte er sich misstrauisch, stammte das bloß von dem Hund? Und was hatte der denn an Bord gesucht?

Zwockel knurrte erneut und schnupperte aufgeregt in der Luft.

Da vernahm Simon ganz in der Nähe ein Geräusch.

Geschockt riss er die Taschenlampe herum. Der Lichtstrahl fiel auf leere Bodenplanken.

Doch plötzlich schnellte etwas aus dem Schatten hervor.

Simon zuckte bis ins Innerste zusammen.

Was ...?

Dann erkannte er, was es war.

Eine Katze! Nur eine Katze! Sie jagte wie der Blitz davon und flitzte über den Steg an Land.

Zwockel bellte ihr wild hinterher.

«Mann o Mann», seufzte Simon auf. «Noch so einen Schock überleb ich nicht ...»

Mit unverminderter Wachsamkeit ging er die Reling entlang und leuchtete sorgfältig in jede Nische an Deck.

Dabei war auf dem ganzen Boot nichts Außergewöhnliches mehr zu entdecken.

Nun stieß Simon endlich erleichtert Luft aus und wischte sich die feuchte Stirn ab. Die Sache hatte ihn ganz schön ins Schwitzen gebracht.

Er blickte sich ein letztes Mal gründlich um und ging dann mit Zwockel wieder die Treppe hinab. Im Wohnraum schloss er die Eingangstür sorgfältig zu.

Danach klopfte er bei der Mädchenkajüte an. «Ihr könnt aufmachen!», rief er. «Die Luft ist rein!»

«Ganz sicher?», drang Raffis zittrige Stimme heraus.

Simon lächelte. «Ja, ganz sicher.»

Als die Tür aufging, erzählte er den Mädchen, was an Deck los gewesen war.

Sie hörten mit angehaltenem Atem zu.

Gegen Schluss begann Debora befreit zu grinsen. «Eine Katze! Klar, dass die hier gejagt hat – schließlich sind Mäuse an Bord!»

«Ha, ha», machte Raffi. «Aber meinen Mäuseken kriegt die nicht!»

«Keine Angst», beruhigte Simon. «Die kann hier gar nicht rein ...»

Danach legten sich die Kids wieder in ihre Kojen. Doch sie waren noch viel zu aufgedreht, um sofort wieder einschlafen zu können.

Immerhin war jetzt wenigstens dieses beängstigende Tappen an Deck verschwunden ...

«Debi?», murmelte Raffi. «Kommt Sven jetzt bestimmt nicht mehr in der Nacht?»

«Nein, ich denke nicht», antwortete Debora. «Wir hätten es am Nachmittag doch sicher gemerkt, wenn er uns gefolgt wäre.»

«Aber vorhin hast du gesagt ...»

«Ja, schon. Aber weißt du, in der Angst, da ... da kommt man halt manchmal auf die verrücktesten Gedanken ...»

«Bist du ganz sicher?»

«Mhm. Mach jetzt die Augen zu. Morgen ist erst mal Ausschlafen angesagt. Und gemütlich frühstücken – mit Hagelslag und allem Drum und Dran! Und dann geht's los mit unserem Plan, Sven in die Falle zu locken!»

«Hagelslag klingt gut», murmelte Raffi mit einer Stimme, die schon nicht mehr ganz wach klang.

Nach einer Weile schlief sie ein.

Auch die beiden anderen Kids fielen schließlich in einen tiefen Schlaf.

Das war auch gut so – sie hatten einen wichtigen Tag vor sich!

Der richtige Augenblick

14

Beim Frühstück zwinkerte Opa den Kids zu, als Tante Caroline kurz in die Küche ging. «Caroline und ich machen heute einen hübschen Ganztagesausflug zu den Windmühlen an der Küste», schmunzelte er. «Ich hab Caroline gesagt, dass ihr nicht so besonders auf Windmühlen steht – und Antje und Mark haben die ja schon längst gesehen ... Wir zwei werden leider erst spätabends zurückkehren!»

«Toll, Opa!», rutschte es Raffi heraus. «Äh, ich meine, ich freu mich, dass ihr so einen schönen Ausflug macht!»

«Ja, echt toll», sagten Antje und Mark gleichzeitig.

In der Küche lächelte Caroline vor sich hin. Die Kinder, dachte sie im Stillen, wussten offenbar viel miteinander zu unternehmen – die waren ja dauernd auf Achse! So hatte sie Mark und Antje noch gar nie erlebt ... Na, diese Jungmannschaft war ja ganz schön in Fahrt!

Nachdem Raffi ein Stückchen Käse für Mäuseken beiseite geschafft hatte, verließen Opa und Caroline schon bald in bester Stimmung das Haus.

Sofort machten sich die Kinder daran, Antje als ‹Kurier› passend auszustatten. Im Bad schminkten sie ihr dunkle Augenringe und suchten mit ihr zusammen aus, welche Kleider sie anziehen sollte. Alles war darauf angelegt, dass sie älter aussah und dem Ecstasy-Party-Typ entsprach, wie die Kids ihn sich vorstellten.

Zum Schluss schlüpfte Antje in Schuhe, die sie größer machten, und betrachtete sich vor dem Spiegel. «Gut», meinte sie zufrieden. «Sieht ziemlich echt aus. Jetzt fehlt nur noch ein Tattoo – das gehört natürlich auch dazu!»

«Wir haben doch neulich eine Frau solche Henna-Tätowierungen machen sehen, die nach einer Weile wieder weggehen», sagte Debora. «Das war gar nicht weit von hier, auf diesem großen Platz da ...»

«Dem Rembrandtplein», half Mark.

«Ja, genau. Lasst uns doch dorthin gehen!»

«Cool!», rief Raffi. «Nichts wie los!»

Unterwegs zum Rembrandtplein besprachen die Kids, was für eine Hautbemalung Antje sich verpassen lassen sollte.

Die Frau saß an derselben Stelle wie letztes Mal auf ihrem Tuch am Boden. Sie begann nach den Vorstellungen der Kinder ein Henna-Tattoo auf Antjes rechten Oberarm zu malen: einen braun-schwarzen Drachen, um den sich eine Schlange wand.

«Das kitzelt!», rief Antje. Sie hatte Mühe, den Arm stillzuhalten.

Nach knapp zehn Minuten war das Kunstwerk fertig.

«Du musst es erst mal trocknen lassen», erklärte die junge Frau. «Vorläufig darfst du es weder verreiben noch abwaschen – also nichts mit Duschen oder Baden, klar?»

«Wie lange denn?», wollte Antje wissen.

«Morgen bröckelt die obere Schicht ab», antwortete die Künstlerin. «Darunter kommt dann das eigentliche Tattoo zum Vorschein. Es ist ein bisschen heller und hält etwa drei Wochen.»

«Okay.»

Anschließend machten sich die Kinder auf den Weg in die Altstadt. Sie wollten auf keinen Fall zu spät zum Nieuwmarkt kommen, um Sven rechtzeitig in dem Straßencafé zu erwischen und ihm nach seinem Treffen mit Henk zu folgen.

«Nachher, wenn Antje sich als ‹Kurier› an Sven ranmacht», begann Simon, «welchen Ort soll sie für die Übergabe der Drogen eigentlich verlangen?»

«Stimmt, das haben wir ja noch gar nicht überlegt», gab Debora zu. «Der Zeitpunkt ist klar, heute Abend – aber wo?»

Mark schaute sie nachdenklich an. «Am besten wäre wohl irgendeine Stelle, an der Sven keine Fluchtmöglichkeiten hätte. Damit er der Polizei ganz sicher nicht entkommen kann.»

«Wie wär's mit der ‹Mageren Brug›», schlug Antje vor. «Dort könnte die Polizei vielleicht dafür sorgen, dass die Brücke im richtigen Moment hochgezogen wird. Dann säße Sven in der Falle.»

Simon nickte anerkennend. «Gute Idee. So machen wir's!»

Derweil saß Inspecteur Vandenbrink in seinem Büro auf der Altstadt-Wache am Schreibtisch gegenüber von Lilly Bezemer und Kees Boom. Die drei Beamten hörten ein Telefongespräch zwischen Henk und einem Käufer ab.

Lilly Bezemer sah ihre Kollegen an. «Der klingt genau wie der ‹Geschäftsmann› neulich auf dem Boot», murmelte sie, während Kees Boom an einer Lakritz-Schnecke herumkaute.

Vandenbrink nickte wortlos.

«Hör mal, Henk», sagte der Käufer gerade. «Dein Produkt letztes Mal war mies. Das Gegenteil von stark, wenn du weißt, was ich meine. Ich will nicht noch mal so einen Schund bekommen, verstanden?»

«Alles klar, Franky», drang Henks Stimme aus dem Lautsprecher. «Diesmal kriegt ihr wieder Eins-A-Stoff wie früher.»

«Wir wollen die richtigen ‹KingKongs› – ‹the real thing›, verstehst du?!»

«Versprochen, Franky. Du weißt doch, uns liegt sehr viel daran, dass unsere Kunden zufrieden sind.»

«Dein Wort in Ehren, Henk. Also dann: Übergabe morgen Abend, der Ort wird dir noch bekannt gegeben.»

Ohne ein weiteres Wort legten beide auf.

Vandenbrink seufzte. «Hoffen wir, dass dieser Franky den Ort der Übergabe auch per Telefon durchgeben wird und keinen Kurier dafür schickt. Sonst kriegen wir das vielleicht nicht rechtzeitig raus.»

«Hoffen wir's.» Boom wischte seine klebrigen Finger an einem Papiertaschentuch ab. «Vor diesem Anruf – als ich das Telefon eine Weile lang allein abhörte, weil ihr in der Leitersitzung wart – haben sich noch andere Käufer gemeldet. Aber dieser hier war der Interessanteste bisher. Da waren welche dabei, die nicht mal unsere Sprache gesprochen haben, sondern Dänisch, Französisch und Englisch mit verschiedenen Akzenten, auch aus Amerika. Ein Brite bestellte Ware, um sie anschließend in Australien zu verkaufen ...»

«Ich hab dir ja gesagt, in Amsterdam kauft die ganze Welt ein», entgegnete Lilly Bezemer und verzog den Mund. «*Wir* gegen den Rest der Welt ...»

«Packen wir einfach dort an, wo wir können», meinte Vandenbrink. «Wir wissen jetzt, dass morgen eine große Übergabe stattfinden wird, und wären dort gerne dabei, um Täter und Käufer einzukassieren. Die Telefonabhörung lassen wir vorläufig weiterlaufen und setzen auch Henks Beschattung fort – in der Hoffnung, den genauen Übergabeort herauszufinden und noch weitere Hinweise auf die Bande zu bekommen. Unser Ziel ist es nach wie vor, möglichst viele dieser Jungs oder sogar den ganzen Drogenring zu schnappen.»

«Dann müssen wir aber bald los», entgegnete Kees Boom. «Damit wir uns wieder an Henk ranhängen können, wenn er mit diesem Sven am Nieuwmarkt wie gewohnt ein Schlückchen zu sich nimmt. Von wegen Schlückchen ... da fällt mir ein: Ich muss unbedingt noch was zu trinken und ein Sandwich auftreiben, bevor wir abzischen!»

Am Nieuwmarkt warteten die Kids in ihrem Versteck, bis das Treffen von Sven und Henk im Straßencafé gegenüber vorbei war.

Doch als die beiden Jungs aufstanden, trennten sie sich nicht, sondern gingen gemeinsam los.

«Und jetzt?» Raffi blickte die Kinder fragend an.

«Wir folgen ihnen erst mal», schlug Debora vor.

«Okay», meinte Simon. «Und falls die zwei zusammenbleiben, versuchen wir's trotzdem mit unserem Plan. Henk gehört ja schließlich auch zu der Bande – sollte er sogar bei der Übergabe des Stoffs mit dabei sein, umso besser, dann schnappt die Polizei gleich alle beide!»

«Also los!»

Während der Verfolgung durch verwinkelte Gassen sprachen die Kinder noch einmal mit Antje ab, was sie nachher sagen müsste.

Wenig später sahen sie, hinter einer Hausecke versteckt, wie Sven und Henk über eine Brücke schlenderten und am anderen Ende plaudernd stehen blieben.

«Das ist der richtige Augenblick!», flüsterte Debora.

Antje nickte.

Ermunternd klopfte Mark seiner Schwester auf den Rücken, und die Mädchen wünschten ihr aufgeregt viel Glück.

Simon schaute ihr tief in die Augen. «Sei vorsichtig, Antje», sagte er leise und fragte sich, ob sie wirklich das

Richtige taten. «Wenn's zu gefährlich werden sollte, haust du einfach ab – lieber, die Aktion misslingt, als dir geschieht irgendwas. Okay?»

«In Ordnung.» Antje gab ihm einen Abschiedskuss auf die Wange.

Dann machte sie sich mit pochendem Herzen auf den Weg.

Von der Hausecke aus beobachteten die Kids, wie Antje zur nächsten Brücke eilte.

Sie überquerte die Gracht und schlenderte am anderen Ufer unauffällig auf Sven und Henk zu.

«Super», murmelte Simon. «Sie macht das toll!»

Ohne Umschweife sprach Antje die beiden Jungs an, als sie diese erreicht hatte.

«Perfekt», fieberte Simon mit. «Sehr gut!»

Aus der Entfernung war zu sehen, wie Sven und Henk einige Worte mit Antje wechselten.

Stolz bemerkte Simon: «Sie ist einfach genial!»

«Also ich hätte nie den Mut dazu!», wisperte Raffi gefesselt.

«Ich auch nicht», pflichtete Debora ihr bei.

Ganz in der Nähe von Sven, Henk und Antje setzten sich drei Urlauber in ein Straßencafé. Sie stellten ihre Rucksäcke aufs Pflaster und betrachteten interessiert die Umgebung.

Einer von ihnen – ein langer Schlanker in kurzen

Hosen – begann die Grachtenbrücke zu fotografieren, vor der Antje, Sven und Henk standen ...

Doch die Urlauber fielen weder den Kids noch sonst jemandem auf.

«Wie kommst du darauf, dass ich Stoff habe?» Sven sah Antje unter seiner Kapuze hervor argwöhnisch an. Seine hellen Augen wirkten, als stehe er unter Strom. «Trage ich vielleicht ein Schild mit der Aufschrift ‹Ich bin Ecstasy-Händler› um den Hals, oder was?»

Antje ging nicht darauf ein, sondern antwortete bloß: «Franky schickt mich.»

«Das ändert die Sache natürlich», meinte Henk, der anfänglich sogar noch misstrauischer als Sven war. «Und mit dem Preis ist alles klar?»

«Sicher, der ist okay.»

Die beiden Drogenhändler entspannten sich sichtlich.

«Noch was zum Treffpunkt», sagte Antje und merkte dabei erstaunt, dass ihr das Gespräch trotz ihrer Aufgeregtheit leichter als erwartet fiel. Sie war schon immer gern in kleine Theaterrollen geschlüpft – natürlich war das hier etwas anderes, doch ihr Talent zum Schauspielern kam ihr jetzt sehr gelegen. «Wir wollen die Übergabe des Stoffs schon heute Abend. Und zwar an der ...»

CAFE

«Halt, halt, halt», fiel ihr Henk ins Wort, «die Sache sollte doch morgen über die Bühne gehen!»

«Ja, aber wir haben das Ganze um einen Tag vorverschoben.»

«Was soll das? Zuerst heißt es morgen, dann wieder heute – könnt ihr euch vielleicht mal entscheiden?»

«Wir haben uns entschieden: heute Abend, dabei bleibt es. Treffpunkt bei der ‹Mageren Brug›.»

«Bei der ‹Mageren Brug›?» Henk verzog den Mund zu einem ungläubigen Lächeln. «Soll das ein Witz sein?»

«Vergiss es», beschied Sven. «Da sind viel zu viele Leute. Die Brücke ist eine Sehenswürdigkeit – dort wimmelt es nur so von Touristen.»

«Wir machen es am Hafen», bestimmte Henk und fuhr sich durch seine braunen Locken. «Um neun Uhr, auf dem großen Parkplatz bei der Zufahrt Richtung Centraal Station. Der ist abends verlassen, weil er nur von Bahnpendlern tagsüber benützt wird.»

Antje zögerte. Auf einen Wechsel des Treffpunkts war sie nicht vorbereitet.

Aber sie hatte keine andere Wahl – die beiden würden ganz ohne Zweifel niemals auf den Vorschlag mit der ‹Mageren Brug› eingehen.

«Okay», sagte sie deshalb. «Also, bis dann.»

Sie wandte sich ab und ließ die Jungs ohne ein weiteres Wort stehen.

Gemächlich schlenderte sie der Gracht entlang zur zweiten Brücke. Dabei blies sie unmerklich Luft aus. Alles außer der Verschiebung des Übergabeortes hatte wie am Schnürchen geklappt. Jetzt wusste sie, wann und wo die Sache steigen würde! Sie war total glücklich über ihren Erfolg und hätte am liebsten einen Freudensprung gemacht ...

Sven und Henk schlenderten in eine angrenzende Gasse davon.

In einigem Abstand folgte ihnen der große, dünne Urlauber mit der Kamera.

Die beiden bemerkten ihn allerdings nicht.

«Mit diesem Mädchen stimmt was nicht», meinte Henk. «Die ist noch so jung – fast noch ein Kind.»

«Ich hab auch ein ungutes Gefühl», bestätigte Sven. «Aber heutzutage arbeiten immer mehr Firmen mit Kindern. Falls die erwischt werden, fallen sie unters Jugendstrafgesetz und kriegen kleinere Gefängnisstrafen aufgebrummt als Erwachsene.»

Henk nickte. «Da hast du Recht.»

«Zudem ist der Preis wirklich gut, Henk. Ich könnte den Gewinn aus diesem Geschäft dringend brauchen. Du weißt schon – um meine Schulden bei der Firma zu bezahlen ... Deswegen würde ich diesmal ein größeres Risiko eingehen und den Handel trotzdem abschließen.»

«Na, wenn du meinst ... Du musst es selbst wissen.» Henk zeigte ein strahlendes Lächeln. «Ich lasse dich bei dieser Sache mitmischen, damit du eine Chance hast, das Geld aufzutreiben, das du bei der letzten Lieferung vermasselt hast. Ich tu dir damit einen großen Gefallen ...»

«Ja, ich weiß das sehr zu schätzen, Henk.»

«Aber damit eins klar ist, Partner: Wenn's daneben geht und du dir dabei die Finger verbrennst, musst du selber schauen, wie du da wieder rauskommst. Dann ist das nicht unser Bier.»

Sven blieb stehen und schaute seinen Kumpel betreten an.

«Was ist, hat es dir die Sprache verschlagen?» Henk versetzte ihm grinsend einen Klaps an den Hinterkopf, bevor er ging. «Also, bis dann!»

Wortlos sah Sven ihm nach. Er fragte sich zum ersten Mal ernsthaft, ob Henk ein echter Freund war. Oder ... hatte er ihm die ganze Zeit über bloß was vorgespielt? War er immer nur freundlich gewesen, um ihn in die Ecstasy-Szene reinzuziehen und dadurch in all den Jahren an ihm zu verdienen?

Doch er verwarf den Gedanken wieder. Er hoffte inständig, durch einen gelungenen Deal mit Franky die Beziehung zu seinem besten Freund wieder kitten zu können. Selbst wenn er danach aus der Firma aussteigen würde ...

Das Geschäft heute Abend musste einfach klappen. So könnte er seine ganzen Schulden bei der Firma auf einen Schlag tilgen – und damit wäre er endgültig raus aus der Sache.

Und dann wäre Schluss mit dem Drogenhandel. Endgültig. Für immer.

Noch neun Stunden, sagte er sich, dann ist es ausgestanden ...

Das Verhör

15

Die Kids beobachteten hinter der Hausecke hervor, wie Antje auf der anderen Grachtenseite zu der weiter entfernten Brücke schlenderte, um auf diesem Umweg zu ihnen zurückzukehren.

Doch plötzlich ging etwas schief.

Antje wurde von zwei Leuten aus dem Straßencafé angehalten. Die Frau und der Mann in Urlaubskleidern verstellten ihr den Weg und zeigten ihr metallene Abzeichen, die in der Sonne aufglänzten.

«Das sind Polizeimarken!», stieß Mark hervor. «Die haben Antjes Gespräch mit Sven und Henk belauscht – es sind getarnte Polizisten! Vielleicht haben die gehört, dass über eine Drogenlieferung gesprochen wurde!»

«Und was geschieht jetzt mit Antje?» Raffi bekam ganz weiche Knie.

Die Kinder sahen, wie die Beamten Antje in die Mitte nahmen und abführten.

Da brannten Simon die Sicherungen durch. «Antje, Antje!», rief er und stürzte los.

Doch Mark hielt ihn mit aller Kraft zurück. «Du kannst jetzt unmöglich eingreifen! Warte!»

Zwockel bellte wie wild und zerrte an der Leine, die

Mädchen konnten den Collie nur mit Mühe am Losrennen hindern.

«Lass mich los, Mark,» stöhnte Simon gequält. «Ich muss ihr doch irgendwie helfen!»

«Das geht nicht, glaub mir, es ist unmöglich», redete Mark auf ihn ein. «Man kann die Polizei nicht daran hindern, sie mitzunehmen. Ganz egal, was du ihnen erzählen würdest, es wäre zwecklos und würde alles bloß noch schlimmer machen!»

Raffi begann zu weinen. «Kommt Antje jetzt ins Gefängnis?»

«Nein, das darf nicht sein ...», versuchte Debora die Kleine zu trösten.

«Aber was könnten wir denn bloß tun?»

Ratlos zuckte Debora die Schultern. Sie war selber den Tränen nahe.

Einzig Mark behielt die Nerven. «Wir folgen ihnen erst mal – aber so, dass sie uns nicht sehen. Kommt!»

Aufgewühlt eilten die Kinder los und blieben in einiger Entfernung hinter Antje und den Polizisten. Zwockel schlich mit eingezogenem Schwanz nebenher.

«Ich glaube», murmelte Mark, «die gehen zur Altstadt-Wache an der Beursstraat ...»

Vor ihnen schaute Antje von Zeit zu Zeit hilfesuchend über die Schulter zurück.

Simon zog es das Herz zusammen. «Wir holen sie da raus! Koste es, was es wolle!»

Er fühlte sich so ohnmächtig, weil er Antje nicht helfen konnte, und er machte sich Vorwürfe, dass er die ganze Sache nicht genügend durchdacht hatte und ihm die entsetzliche Möglichkeit hier nicht eingefallen war. «Niemals hätte ich zulassen dürfen, sie einer solchen Gefahr auszusetzen!», hielt er sich selber vor. «Niemals!»

Am Haupteingang der Wache führten die Beamten Antje ins Polizeigebäude hinein.

«Am besten warten wir hier draußen eine Weile», schlug Mark vor. «Vielleicht lassen sie Antje ja schon bald wieder laufen, wenn sie ihr nichts nachweisen können.»

«Und wenn doch?», fragte Raffi mit brechender Stimme.

«Dann ...»

Verzweifelt starrten die Kids aufs Straßenpflaster und malten sich aus, was nun alles geschehen könnte. Antje, ganz alleine im Gefängnis? Für wie lange? Was würde dann Tante Caroline sagen? Und Opa? Und was würden Antjes Eltern unternehmen, wenn ihre Tochter nach den Sommerferien einfach nicht mehr nach Hause käme ...?

In der Wache wurde Antje eine Treppe hinabgebracht.

Blass folgte sie der Beamtin und dem Beamten ins Untergeschoss und dort einen schmalen Gang entlang.

Rechts gingen Türen ab, und links lagen drei große Arrestzellen, in die man hineinsehen konnte, da sie vom Boden bis zur Decke Glaswände hatten. In einer der Zellen saß ein Jugendlicher in abgetragenen Kleidern und starrte mit trostlosem, glasigem Blick an die weiß gekachelte Rückwand.

Die blonde Beamtin öffnete auf der rechten Seite des Flurs eine Tür, hielt sie für Antje auf und trat mit ihr ein. Der Polizist blieb draußen.

Lilly Bezemer schloss die Tür und deutete auf einen der beiden Stühle, die am Tisch standen.

Zögernd nahm Antje Platz und schaute sich in dem blau gestrichenen Raum um. In der einen Wand gab ein kleines Fenster den Blick zu den Arrestzellen hinüber frei. Antje konnte dort den verhafteten Jugendlichen sehen, und ihr graute davor, dass sie selbst ebenfalls in der Zelle da drüben landen könnte ...

An der gegenüberliegenden Wand war ein großer Spiegel angebracht, den Antje nicht weiter beachtete. Sie konnte nicht ahnen, dass das Glas nur auf ihrer Seite verspiegelt war. Auf der anderen Seite saß Inspecteur Vandenbrink im Dunkeln und verfolgte durch die Scheibe das Geschehen im Verhörraum.

«So, zur Sache», begann Lilly Bezemer. «Was hast du an der Brücke beim Nieuwmarkt getrieben?»

«Nichts ...» Fieberhaft überlegte Antje, was sie sagen konnte, ohne die Kids zu verraten. Zwar hatten sie vereinbart, die Polizei rechtzeitig über die geplante Drogenübergabe zu benachrichtigen, dies aber ohne Namen zu nennen. Würde die ganze Sache nämlich zurückverfolgt, käme dabei auch raus, welche Rolle die Kids und vor allem Loko im Dorf gespielt hatten ...

Antje entschloss sich, am besten zu schweigen.

«So, so. Nichts.» Die Beamtin klopfte mit einem Stift auf den Block, den sie vor sich liegen hatte. «Danach hat es aber keineswegs ausgesehen.»

«Ich habe mit zwei Jungen gesprochen», antwortete Antje ausweichend.

«Und worüber hast du mit ihnen gesprochen?»

«Nur so ... nichts Besonderes ...» Angestrengt versuchte Antje, nicht rot zu werden, aber es gelang ihr nur halbwegs – sie neigte zum Erröten, vor allem wenn sie log. Nichts zu machen ...

Lilly Bezemer fasste sie scharf ins Auge. «Die beiden haben dir wohl einfach gut gefallen, was?»

Still hoffte Antje, die Polizei hätte bei dem Gespräch nicht genug aufgeschnappt, um ihr etwas beweisen zu können.

«Vielleicht», half die Beamtin nach, «fällt dir dazu wieder was ein, wenn ich dir sage, dass uns diese zwei jungen Herren bestens bekannt sind. Als Drogenhändler.»

Antje wurde bleich. Die Polizei wusste doch mehr, als ihr lieb war ...

«Na, komm schon, Schätzchen!» Lilly Bezemer hämmerte den Stift zusehends unerbittlicher auf den Block. «Wir haben dich beim Bestellen einer großen Menge Drogen belauscht. Du bist auf unseren Fotos gestochen scharf mit den beiden Händlern zu sehen!»

Schweißperlen traten auf Antjes Stirn.

«Hast du früher schon mal bei Henk eingekauft?» Die Beamtin durchbohrte sie mit ihrem Blick. «Oder bereits mehrmals? Kennst du noch weitere Leute aus dem Ring?»

Antje fühlte sich immer elender.

Doch Lilly Bezemer hörte nicht auf, sie mit Fragen zu bedrängen. «Handelst du alleine? Oder für einen Drogenring? Hier in Amsterdam oder aus dem Ausland? Eine so große Menge wirst du ja wohl kaum für dich alleine brauchen!»

«Es ist ganz anders, als Sie denken», presste Antje hervor.

«Ja, ja, klar. Das kennen wir – allesamt sind sie unschuldige Lämmchen. Alle.»

«Bitte rufen Sie meinen Bruder an. Ich kann alles erklären ...»

«Wunderbar.» Zum ersten Mal lächelte die Polizistin. «Dann fangen wir doch gleich mal damit an, wann und wo die Drogen übergeben werden sollen. Und dann kannst du auch mit dem ganzen Rest auspacken.»

Angestrengt dachte Antje nach. Die Beamten hatten also offenbar bloß mitgekriegt, dass eine Übergabe stattfinden soll, aber keine Einzelheiten dazu gehört. «Sie verstehen mich nicht richtig. Es ...»

«Ich verstehe dich sehr gut», unterbrach die Polizistin schroff und schleuderte den Stift auf den Block. «Schluss jetzt mit den Mätzchen! Wann und wo?»

Angesichts dieses ruppigen Tons standen Antje die Tränen zuvorderst. «Ich ... ich habe nichts mit Drogen zu tun ...»

«Ganz bestimmt nicht. Schau dich doch an! Du siehst wie eine Ecstasy-Braut aus und bist auch genau so angezogen – mir kannst du doch nichts erzählen!»

Völlig überraschend veränderten sich Lilly Bezemers Gesichtszüge von der einen auf die andere Sekunde. Sanft sagte sie: «Weißt du, was? Wenn du uns hilfst, kannst du deine Strafe deutlich verringern. Mach's dir doch nicht selber schwer ... Diese beiden Kerle, Henk und Sven, haben das doch nicht verdient. Die würden dich ohne mit der Wimper zu zucken verraten, glaub mir.» Sie ließ das ein wenig wirken. Dann schaute sie Antje gefühlvoll an. «Also ... wann und wo soll die Drogensache über die Bühne gehen? Nun sag schon.»

Antje rang mit sich. Sollte sie ...? Doch dann schüttelte sie den Kopf.

Aufgebracht sprang die Beamtin auf und schob ihren Stuhl so heftig unter den Tisch, dass er mit der Lehne hart gegen die Kante knallte. «Jetzt reicht's mir! Buchten wir dich eben ein, wenn du dumm genug bist, für diese zwei miesen Typen in den Bau zu gehen!»

Verzweifelt überlegte Antje hin und her. Vielleicht wäre es am Ende doch klüger, die Wahrheit zu sagen – so könnte sie sich entlasten und müsste dann vielleicht nicht ins Gefängnis ...

«Also ... gut ...», begann sie stockend. «Ich ... ich habe mit den Jungs bloß gesprochen, um sie in eine Falle zu locken ... Anschließend hätte ich gleich die Polizei eingeschaltet ...»

«Ohooo!» Ein spöttisches Lächeln umspielte Lilly Bezemers Mund. «Das ist aber eine besonders hübsche Geschichte! So eine schlaue Ausrede haben wir bis jetzt noch nie von einer Drogenkundin zu hören bekommen! Erzähl mir doch ein anderes Märchen! Glaubst du, ich bin blöd?»

Nun wusste Antje wirklich nicht mehr weiter. Sie war aschfahl und sank in sich zusammen. Als sie schon aufgeben wollte, fiel ihr aber doch noch etwas ein. Ihr Cousin Danny ... der kannte doch einen Beamten vom Drogendezernat. Vielleicht könnte er ihr helfen oder wenigstens ein gutes Wort für sie einlegen. Das wäre ihre letzte Rettung. Ihre allerletzte. Falls es klappen würde ...

«Bitte rufen Sie meinen Cousin an ...», murmelte sie verloren. «Danny kann bestätigen, dass ich nichts mit Drogen zu tun habe.»

«So, so, erst soll ich deinen Bruder anrufen, und dann deinen Cousin!», versetzte die Polizistin. «Glaubst du vielleicht, wir halten hier eine Familienversammlung ab? Vergiss es, Schätzchen! Jetzt wanderst du in eine der Arrestzellen da draußen! Danach geht's ab in Untersuchungshaft. Der Staatsanwalt wird bestimmt genügend Haftgründe erkennen, um dich vorläufig drinzubehalten. Da schmorst du erst mal einen Monat, und dann ...»

Antje konnte nicht mehr – sie begann zu weinen. Die Tränen flossen unaufhaltsam über ihre Wangen hinunter. Sie hatte alles versucht. Wirklich alles. Und dabei jede Hoffnung verloren. Verzweifelt schluchzte sie auf.

In diesem Augenblick öffnete sich die Tür. Inspecteur Vandenbrink trat in den Verhörraum. Er setzte sich auf den Stuhl, den Lilly Bezemer gegen den Tisch geknallt hatte, und sagte mit freundlicher Stimme: «Du bist also die Cousine von Danny, richtig?»

Antje blickte zaghaft auf. Obwohl sie sich fragte, woher der Mann das wusste, stieg ein neuer Hoffnungsfunke in ihr auf. «Ja, bin ich ...»

Vandenbrink sah seine Kollegin an. «Danny hat mir den Tipp mit Sven und Henk gegeben. Und den hatte er offenbar von seiner Cousine hier und ihren Freunden bekommen.»

«Ach, so ist das!» Die Beamtin entspannte sich merklich.

«Ja, so ist das», erwiderte er. «Es hätte nichts schaden können, wenn du ein bisschen höflicher mit dem Mädchen umgegangen wärst.»

Lilly Bezemer hob die Schultern.

Einfühlsam reichte der Inspecteur Antje ein Papiertaschentuch, womit sie sich die Tränen abzuwischen begann. «Am besten erzählst du mir die ganze Geschichte, einfach die volle Wahrheit. Und zwar genau so, wie's war.»

Das tat Antje – sie dachte, da der Beamte so nett zu ihr war und sowieso schon von Danny und ihren Freunden wusste, hätte es eh keinen Zweck mehr, irgendwas zu leugnen. Allerdings schilderte sie nur das Wichtigste über Sven und Henk. Sie erwähnte weder die Namen der Kids noch die seltsame Chemiefabrik in dem Lagerhaus und führte auch über die Vorgeschichte im Dorf keine Einzelheiten aus.

Als sie geendet hatte, wollte der Inspecteur wissen, wo und wann genau die Drogenübergabe stattfinden sollte, die sie an der Nieuwmarkt-Brücke mit den beiden Typen vereinbart hatte.

Antje verriet ihm auch dies. Sie war zutiefst erleichtert darüber, dass der Beamte so freundlich war und auch keine weiteren Namen verlangte – er schien sich ausschließlich für Sven und vor allem Henk und die Drogenübergabe zu interessieren.

«Okay», brummte Vandenbrink abschließend. «Wir lassen dich gehen. Unter einer Bedingung.» Er schaute sie ernst an. «Du und deine Freunde – ihr lasst ab sofort die Finger von der Sache. Das ist Polizeiarbeit und nichts für Kinder. Wir schicken eine getarnte Beamtin zum Treffpunkt und schnappen uns die Drogenhändler, wenn sie den Stoff übergeben. Aber ihr bleibt von da weg, ist das klar?»

«Ja», murmelte Antje. Sie war so heilfroh, bald wieder frei zu sein, dass sie sich mit beinahe allem einverstanden erklärt hätte.

«Aber wirklich?», bohrte der Inspecteur nach. «Es wäre viel zu gefährlich für euch, und ihr kämt dabei höchstens der Polizei in die Quere. Verstanden?» Er musterte sie eindringlich.

Sie nickte.

«Also dann – tschüss! Und danke für deine Mithilfe!»

«Wiedersehen», murmelte Antje, völlig baff über die unverhofft schnelle Entlassung.

Mit einem aufmunternden Lächeln führte Vandenbrink sie aus dem Raum und den schmalen Flur entlang an den Arrestzellen vorbei. Der Jugendliche mit dem glasigen Blick saß immer noch drin. Antje fiel ein Stein vom Herzen, dass sie nicht da hineinmusste. Für den Jungen sah es weniger gut aus ...

Die Beamten brachten sie die Treppe hoch und öffneten einen Ausgang im Erdgeschoss.

Dahinter lag der Empfangsraum der Wache.

Nachdem Antje hinübergegangen war und die Tür wieder zufiel, drehte sich Vandenbrink zu Lilly Bezemer um und schmunzelte sie an. «Du hast deine Nummer als ‹böser Bulle› ja ganz schön taff durchgezogen ...»

Sie hob die Schultern. «Du warst als ‹guter Bulle› auch nicht schlecht! Ich mach solche Sachen ja gar nicht gern – aber ich kann's nicht mitansehen, wenn sich so ein blutjunges Ding in Schwierigkeiten bringt, bloß um zwei miese Kerle zu decken.»

«Na ja», meinte der Inspecteur. «Ein bisschen ist sie auch selbst schuld. Hätte sie Danny gleich am Anfang erwähnt, dann hätte es bei mir schon viel früher Klick gemacht ...»

Der Lockvogel

16

Als Antje aus der Altstadt-Wache heraustrat, rannte Simon auf sie zu. In seinem Überschwang vergaß er alle Zurückhaltung. Er umarmte sie stürmisch, gab ihr einen Kuss auf den Mund und drückte sie fest an sich.

Sie war davon ganz überrascht, schmiegte sich aber eng an ihn. In seiner Nähe fühlte sie sich wie erlöst nach allem, was sie durchgestanden hatte.

«Nie mehr «, murmelte Simon, «lass ich dich allein. Nie mehr ... Ich hatte eine solche Angst um dich! Und dass ich dir nicht helfen konnte ... das darf nie mehr passieren ...»

Die anderen Kinder umringten Antje und bestürmten sie mit Fragen.

«Was ist da drin geschehen?»

«Wie hat man dich behandelt?»

«Was wollte die Polizei von dir wissen?»

Antje blickte zu Boden. «Es ist mir so peinlich ... verhaftet zu werden ... und dass ihr eine solche Angst um mich ausgestanden habt ...»

«Das braucht dir doch nicht peinlich zu sein!», rief Debora, und Raffi doppelte nach: «Du kannst ja überhaupt nichts dafür!»

Durch den Trost der Kids begann Antje den erlittenen Schock allmählich zu überwinden. Schließlich erzählte sie, was in der Wache abgegangen war.

«Die Frau», schloss sie, «wollte mir einfach nicht glauben. Dabei haben wir der Polizei doch bloß zu helfen versucht!»

«Unglaublich», murmelte Mark betroffen.

Simon strich Antje liebevoll über die Wange. «Aber du hast es super gemacht! Echt super – ich bin stolz auf dich!»

«Ja, wirklich», bewunderte Raffi das Mädchen.

Alle klopften Antje auf die Schulter und lobten sie überschwänglich. Zwockel stieg an ihr hoch und bellte ungestüm. Er spürte, dass sich die Stimmung deutlich entspannte.

Antje lächelte benommen. Sie konnte es kaum fassen, wie schnell die Dinge sich überstürzt hatten. Zuerst war sie eine Helferin auf Seiten der Polizei und im nächsten Augenblick eine Verdächtige, die des Drogenhandels beschuldigt wurde und nur mit knapper Not der Untersuchungshaft entronnen war ...

Schwach schüttelte sie den Kopf. Das war ja gerade noch mal gutgegangen ...

«Am besten», meinte Mark nach einer Weile, «gehen wir jetzt erst mal was essen. Nach diesem Schrecken könnten wir ein paar Kroketten vertragen!»

Das sahen alle genauso. Also schlenderten sie mit Zwockel über den Börsenplatz zum Imbiss DE LEKKERSTE.

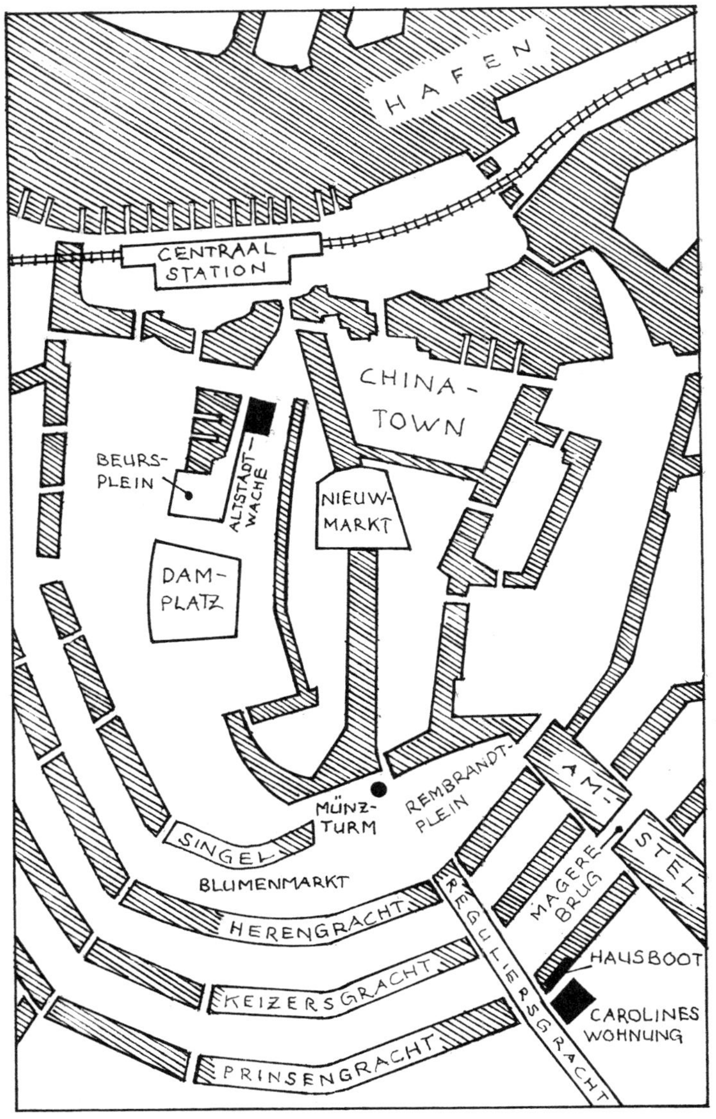
HAFEN
CENTRAAL STATION
CHINA-TOWN
BEURS-PLEIN
ALTSTADT-WACHE
NIEUW-MARKT
DAM-PLATZ
MÜNZ-TURM
REMBRANDT-PLEIN
AM-STEL
SINGEL
BLUMENMARKT
MAGERE BRUG
HERENGRACHT
REGULIERSGRACHT
HAUSBOOT
KEIZERSGRACHT
CAROLINES WOHNUNG
PRINSENGRACHT

Unterwegs atmete Raffi erleichtert auf. «Jetzt wird alles gut!»

«Ja, aber nur, wenn Sven heute Abend wirklich verhaftet werden kann», gab Debora zu bedenken.

Simon blieb stehen. «Stimmt. Wie können wir wissen, ob die Polizeiaktion tatsächlich klappt?»

«Tja, vielleicht ...» Debora hatte eine ziemlich verwegene Idee. «Was würdet ihr davon halten, wenn wir nachher trotzdem zu dem Treffen am Hafen gingen? Nur um zu beobachten!»

Antje blickte sie abwartend an. «Die Polizei hat uns doch strengstens verboten, da aufzukreuzen ...»

«Schon», entgegnete Debora. «Aber die Beamten würden ja gar nichts von uns mitkriegen, wenn wir bloß aus der Ferne zuschauen.»

«Das hat was», fand Mark. «Aus einem sicheren Versteck könnten wir gefahrlos überprüfen, ob Sven tatsächlich geschnappt wird.»

«Ich denke, das würde sich wirklich lohnen», sagte Simon, der Antjes Hand hielt und so aussah, als würde er sie nie wieder loslassen wollen. «Dann wüssten wir, dass alles in Ordnung ist, und könnten unsere Ferien in Amsterdam endlich beruhigt genießen.»

Antje ließ sich das durch den Kopf gehen. «Okay», nickte sie dann. «Wir müssen einfach dieses Mal wirklich vorsichtig sein ...»

«Klar, ist doch logisch!», beteuerte Debora. «Also, abgemacht?»

«Abgemacht!» Antje streckte die freie Hand aus, und alle klatschen sie ab.

«Check!»

Mit neuem Schwung schritten die Kinder weiter zur Frittenbude.

«Nach dem Essen holen wir zu Hause die Fahrräder», schlug Mark vor. «Damit können wir außen herum zum Hafen fahren und müssen nicht noch mal durch China-Town.»

«Ja, da wär ich echt froh ...» Raffi fröstelte schon beim bloßen Gedanken an ihre Erlebnisse in den düsteren Gassen.

«Einverstanden», sagte Simon. «Holen wir anschließend die Räder und machen uns schon bald auf den Weg, damit wir genügend Zeit haben, uns am Hafen ein gutes Versteck zu suchen.»

«Genau!», rief Raffi. «Oh Mann, ich bin ganz schön aufgeregt, ob Sven in die Falle gehen wird! Dann kann er uns nie mehr was tun!»

Inspecteur Vandenbrink trug seine volle Uniform, als er mit seinem Team am Hafen auf dem Parkplatz-Gelände alles für die Aktion vorbereitete.

Neben der großen, beinahe leeren Abstellfläche am Ufer gab es ein mehrstöckiges Parkhaus, das zur Zeit ausgebessert wurde. Ein Baugerüst war bis zur obersten Etage hochgezogen. Davor standen Baracken, WC-Häuschen, Bagger und Baumaterialtürme, die mit Holzwänden abgesperrt waren.

Vandenbrink saß in der Bürobaracke der Bauleitung.

Durchs Fenster hatte er eine ausgezeichnete Sicht auf das ganze Gebiet. Er hielt mit seinem Feldstecher die Parkfläche am Wasser im Auge und sprach in sein Funkgerät.

«Kees, wie sieht's bei dir aus?»

«Bei mir alles in Ordnung, Luchs eins», drang Booms Stimme aus dem Funkstecker in Vandenbrinks Ohr. «Over.»

«Okay.» Der Inspecteur wandte sich an Lilly Bezemer, die neben ihm in der Baracke stand. «Also, schauen wir uns die ganze Sache nochmals an.»

Er faltete einen Lageplan auf, der kurz davor von Spezialisten angefertigt worden war, und breitete ihn auf dem Tisch aus. Darin waren sämtliche Zufahrten und Fluchtwege sowie alle Gebäude des gesamten Gebiets eingezeichnet.

Lilly Bezemer wies in der Karte auf eine Stelle am Rand der großen Parkfläche. «Ich warte hier im Wagen. Und sobald die Typen auftauchen, fahre ich Seite an Seite zu ihrem Auto.»

Im Gegensatz zu Vandenbrink trug sie keine Uniform, sondern war für ihren Einsatz als Drogen-Käuferin getarnt. Ein Drachen-Tattoo prangte auf ihrem rechten Oberarm, und sie trug ihr blondes Haar diesmal offen, wodurch sie Antje bis auf den Altersunterschied recht ähnlich sah.

Vandenbrink musterte sie von der Seite. «Falls die Kerle im trüben Abendlicht überhaupt merken, dass du die Falsche bist, sagst du einfach, deine Freundin wäre verhindert und Franky schicke dich an ihrer Stelle.»

«Wird gemacht», lächelte die Beamtin dünn. Das

hier war zwar bei weitem nicht ihr erster Einsatz als Lockvogel, doch trotzdem war sie ziemlich nervös.

«Hast du alles im Kopf, wie die Verhaftung ablaufen soll?», fragte der Inspecteur. «Nachher haben wir keine Gelegenheit mehr, irgendwas abzusprechen.»

«Ja, ich weiß.» Lilly Bezemer verfügte über keine Funkverbindung zu Vandenbrink, weil ein Stecker in ihrem Ohr den Drogenhändlern mit Sicherheit auffallen würde.

Sie verließ die Bürobaracke und ging draußen zum bereitstehenden Zivilwagen, einem alltäglichen roten VW Golf.

Dort setzte sie sich auf den Beifahrersitz und schlug die Tür zu. Am Steuer saß ein dunkelhäutiger junger Mann mit wilder Rastamähne – Snupy. Da die Rauschgifthändler am Nachmittag bestimmt bemerkt hatten, dass Antje viel zu jung zum Autofahren war, wären sie sicher stutzig geworden, wenn sie selbst am Steuer gesessen hätte.

«So», murmelte Snupy. «Viertel vor neun. Jetzt könnten die Jungs kommen. Bist du bereit?»

Die Falle

17

Die Kids trafen rechtzeitig in der Nähe des großen Parkplatzes am Hafen ein. Aus sicherem Abstand betrachteten sie das Gelände im warmen Abendlicht. In der Ferne war das tiefe Dröhnen eines Schiffshorns zu hören.

«Wir könnten uns von hinten in das Parkhaus schleichen», schlug Simon vor. «Von einem der oberen Stockwerke aus hat man bestimmt eine prima Sicht.»

«Stimmt», pflichtete Debora bei. «Und von unten kann uns keiner sehen. Auch wegen des Baugerüstes – das gibt uns zusätzliche Deckung.»

«Aber», mahnte Mark, «lasst uns vorsichtig sein. Wir dürfen auf keinen Fall bemerkt werden!»

Raffi nickte heftig. Sie war ganz seiner Meinung und bibberte vor Aufregung.

«Also los», sagte Antje, die sich inzwischen vollends von ihrem nachmittäglichen Schock erholt hatte.

Die Kinder schoben ihre Fahrräder zum Rand des Geländes, stellten sie ab und nahmen Zwockel an die kurze Leine.

Dann huschten sie zum Hintereingang des Parkhauses.

Wachsam blickten sie sich um.

Im Erdgeschoss war kein Mensch zu sehen. Der Bau lag leer und verlassen da.

Leise stiegen sie die unverputzte Betontreppe hoch. Das rötliche Dämmerlicht warf tiefe Schatten. Auf dem Boden lagen überall leere Kaugummi- und Zigarettenpackungen herum, die gedankenlos weggeworfen worden waren. Die Kids achteten darauf, möglichst auf keine der Schachteln zu treten, um ja kein Geräusch zu verursachen.

Im ersten Stockwerk entschieden sie sich, noch eine Etage höher hinaufzugehen. Von da hätten sie die bessere Sicht und wären zudem noch ein Stück weiter vom Geschehen entfernt.

«Sicher ist sicher», murmelte Debora, während die Kinder weitere Betonstufen erklommen. Der warme Wind trug vom Wasser her das Kreischen von Möwen und einen kräftigen Duft nach Salz und Seetang herüber.

Im zweiten Stock angelangt, schlichen die Kinder in gebückter Haltung zum Ende des Geschosses. Dort befand sich eine niedrige Brüstung, die über das Baugerüst hinweg den Blick hinab auf die Parkfläche und das Ufer freigab.

«Perfekt», flüsterte Simon und schaute auf die Uhr. Es war genau zehn Minuten vor neun.

Die Kids legten sich auf die Lauer. Das große Warten begann.

Plötzlich drang ein feines Piepsen an die Ohren der Kinder.

Schnell holte Raffi die Box mit der Maus aus ihrem Rucksack, öffnete sie einen Spalt und wisperte hinein: «Mäuseken, du musst ganz still sein! Verstanden?»

Die anderen Kinder sahen sich an und rollten mit den Augen.

«Du auch, Zwockel!», hauchte Debora dem Collie zu. «Du darfst auf keinen Fall, bellen! Klar?»

Brav setzte sich der Hund hin und blickte die Kids erwartungsvoll an.

«Hey», raunte Mark auf einmal. «Da unten ist wer!»

Angespannt reckten sich alle und spähten über das Gerüst zum Platz hinab.

Tatsächlich stand da unten ein einsamer Arbeiter.

Auf der verlassenen Baustelle fegte er zwischen dem WC-Häuschen und dem Bagger den Boden. Er trug einen gelben Helm und den blauen Arbeitsanzug der Stadt Amsterdam.

«Merkwürdig», murmelte Antje. «Um diese Zeit arbeitet doch normalerweise keiner mehr ...»

Die Kids beobachteten aufmerksam, wie der lange, dünne Mann den Besen gegen das Toilettenhäuschen lehnte. Er griff in seine Brusttasche und holte etwas hervor.

Aus schmal gezogenen Augen erkannten die Kinder, was es war.

Ein Snickers-Riegel.

Der Mann biss hinein, hob unauffällig die Hand zum Mund und sprach in sein Handgelenk: «Bei mir weiterhin alles klar, Luchs eins. Over ...»

In der Bauleiter-Baracke nahm Inspecteur Vandenbrink den Funkspruch entgegen. «Okay, Kees», antwortete er. «Und wie sieht's bei den anderen aus?»

Er überprüfte durch sein Fernglas der Reihe nach die Standorte der weiteren Beamten, die alle so gut versteckt waren, dass die Kids sie unmöglich bemerken konnten.

Im Kassenhäuschen hatte sich ein Kameramann mit der modernsten Foto- und Videoausrüstung samt Stativen in Stellung gebracht.

Ein Streifenwagen mit zwei Mann stand, von einer Mauer verdeckt, hinter der Zufahrt des Parkgeländes. Ein zweiter Wagen war in der Nähe der Ausfahrt verborgen, so dass bei Bedarf die Fluchtwege mit dem Auto sofort abgeriegelt werden konnten.

Nacheinander bestätigten alle Einheiten über Funk, dass sie zum Einsatz bereit waren.

Vandenbrink blickte auf die Uhr: 20.57.

Nach einer Weile war in der Ferne das Brummen eines Motorbootes zu hören.

Vom offenen Wasser her näherte sich in hoher Geschwindigkeit ein schnittiges Schnellboot.

In der Bucht verlangsamte es, drehte schwungvoll bei und legte seitlich am Ufer an.

An Bord waren zwei Jungs zu sehen. Sven mit Kapuze und Henk am Steuer.

«Plan B», sagte Vandenbrink in sein Funkgerät. «Variante Wasser. Sie kommen nicht mit dem Auto, sondern in einem Boot.»

Ruhig, aber bestimmt gab er Anweisungen an die Einsatzzentrale. «Schickt das bereitstehende Polizeiboot so schnell wie möglich her – es soll sich am Ende der Bucht unauffällig zur Verfügung halten. Und macht einen Hubschrauber zum Einsatz bereit, falls wir bei einer Flucht Unterstützung aus der Luft benötigen!»

Angespannt beobachteten die Kids aus ihrem Versteck, was sich unten tat. Die ganze Szenerie war in rotes Abendlicht getaucht.

Snupy fuhr den VW Golf in einem weiten Bogen zum Ufer. Er wusste genau, wie er den Wagen hinstellen musste, um dem Polizeifotografen das Blickfeld freizuhalten.

Auf dem Beifahrersitz ließ Lilly Bezemer die Scheibe hinunter.

Im schaukelnden Schnellboot kam Sven nach vorn an die Reling. Er beugte sich vor und spähte in das Auto. Dort sah er den Rastamann am Steuer und die blonde junge Frau auf dem Beifahrersitz. Doch – war es wirklich dasselbe Mädchen wie am Nachmittag?

Sven wandte sich um und sagte etwas zu Henk, der ihm ein paar Worte erwiderte.

Danach drehte sich Sven wieder zurück und winkte das Mädchen zu sich.

Nickend öffnete Lilly Bezemer die Wagentür.

Mit einem coolen Gesichtsausdruck stieg sie aus und schlenderte ans Ufer.

Im Parkhaus verfolgten die Kids atemlos, wie die getarnte Beamtin mit Sven redete.

An Bord ging der Junge mit der Kapuze zurück zu Henk und besprach sich kurz mit ihm.

Henk schüttelte den Kopf. Mit einer Handbewegung deutete er an, das Ganze abzubrechen.

Die Polizistin versuchte, die Sache zu retten, und rief den beiden auf dem Boot etwas zu.

Doch die Jungen machten keine Anstalten, darauf einzugehen.

«Es klappt nicht!», stieß Debora hervor. «Die fallen nicht auf den Trick rein und fahren wieder weg!»

«Aber dann ...» Raffi blieben vor Enttäuschung die Worte im Hals stecken.

«Dann wäre alles umsonst gewesen», beendete Antje den Satz. «Das können wir nicht zulassen!»

Sie erhob sich und huschte los.

«Was tust du denn?» Entsetzt starrten die Kinder ihr nach.

«Jetzt muss ich halt doch eingreifen!», gab Antje über die Schulter zurück. «Sonst können wir die Gefahr nie abwenden!»

«Nein, warte! Du hast doch selbst gesagt, die Polizei ...»

Antje blieb stehen. «Die kriegen's ja nicht hin! Seht doch – ich bin immer noch als Ecstasy-Braut verkleidet, und Sven erwartet *mich* und niemand anderen. Wenn ich nicht hingehe, hauen die Typen wieder ab! Und danach sind sie gewarnt! So eine Gelegenheit kommt nie wieder!»

Damit wandte sie sich ab und hastete davon.

Entschlossen federte Simon hoch und folgte ihr.

Geschockt rief Mark hinter den beiden her: «Bleibt hier! Das ist viel zu gefährlich!»

Zwockel war kaum zu halten, doch Debora schaffte es, dass er bei ihnen blieb.

Auf der Treppe nach unten holte Simon zu Antje auf. «Ich kann unmöglich noch mal zusehen, wie du dich allein in so eine brenzlige Lage wagst! Ich komme mit!»

Sie schaute ihm einen Moment lang in die Augen. In diesem einen Blick spiegelte sich ihre ganze Wärme und Zuneigung.

Dann rannte sie los.

Simon blieb ganz in ihrer Nähe und überlegte fiebrig, dass er sich hinter der niedrigen Mauer am Rand der Parkfläche verbergen würde – Sven dürfte ihn auf keinen Fall sehen, denn er kannte ihn ja. Sonst würde alles auffliegen ...

In der Bauleiter-Baracke erhielt Vandenbrink die Meldung von der Einsatzzentrale, das Polizeiboot sei da und beziehe am gewünschten Ort Stellung.

Der Inspecteur dachte kurz nach und fällte dann eine Entscheidung. «An alle Einheiten: Wir starten den

Zugriff! Die Typen haben den Stoff bestimmt an Bord. Also – schnappen wir sie uns, Leute! Los!»

Doch in diesem Augenblick sah er, wie Antje auf die Parkfläche gerannt kam.

Bestürzt murmelte er vor sich hin: «Was tut die denn da? Ich hab ihr doch so eingeschärft, sie solle wegbleiben!»

Er drückte den Sprechknopf und rief ins Funkgerät: «Stopp! Aktion abbrechen! Ich wiederhole: Abbrechen! Bleibt auf euren Plätzen!»

Noch fassungsloser war er, als er nun auch Simon am Rand des Geländes bemerkte.

«Achtung, an alle: Bis auf weiteres abwarten!», gab er hastig Anweisung. «Da sind Kinder im Weg! Wir können unmöglich zugreifen – es wäre viel zu gefährlich, falls die Verdächtigen Schusswaffen bei sich haben!»

Unter höchster Anspannung musste der Inspecteur mitansehen, wie Henk sich daran machte, das Boot zu wenden, um wieder davonzufahren ...

«Dies ist ein Polizei-Einsatz!»

18

Henk ließ den Motor des Schnellboots aufheulen und raste gerade los, als Antje am Kai erschien.

An Bord gab Sven ihm ein Zeichen. Henk fuhr in einem Bogen zurück und legte wieder seitlich an.

Am Ufer erkannte Antje aus der Nähe die getarnte Polizeibeamtin und erstarrte innerlich – das war ja genau die Frau, die sie am Nachmittag so mies behandelt hatte! ...

Auch Lilly Bezemer war völlig überrumpelt über das plötzliche Auftauchen des Mädchens.

Da die Beamtin keine Anweisungen von Vandenbrink empfangen konnte, entschied sie auf eigene Faust, wie sie sich verhalten sollte.

Sie trat zu Antje und begrüßte sie wie eine alte Freundin. So hoffte sie, die Aktion vielleicht doch noch zum Erfolg bringen zu können.

Verstört bemerkte Antje, wie überaus freundlich die Polizistin auf einmal zu ihr war.

Als Sven auf dem Boot nach vorne an die Reling kam, sagte Lilly Bezemer laut zu Antje: «Ah, da bist du ja! Warum hat das denn so lange gedauert?»

Antje schluckte leer. Dann fing sie sich und antwortete: «Reine Vorsichtsmaßnahme ...»

An Bord beobachteten die Drogenhändler argwöhnisch, wie Antje erklärte: «Weißt du, Frankys Mann mit dem Geld hatte ein wenig Verspätung.» Dabei tätschelte sie lächelnd ihren Rucksack.

Leise wechselte Sven ein paar Worte mit Henk.

Nach der kurzen Beratung entschloss sich Sven, auf die Sache nun doch einzugehen. Für ihn stand viel auf dem Spiel. Sehr viel!

Er holte aus einem Versteck an Deck einen großen Beutel. Damit stieg er aus dem Boot und sprang schwungvoll an Land.

Sowohl die Kids im Parkhaus wie auch alle Polizisten an ihren Standorten verfolgten wie unter Strom, was nun geschah.

Am Kai hielt Sven Antje den Ecstasy-Beutel hin, der Tausende von Pillen mit ‹KingKong›-Prägung enthielt. In kühlem Ton sagte er: «Und nun lass mal das Geld sehen.»

«Nur keine Eile», schaltete Lilly Bezemer sich ein. «Erst wollen wir mal die Ware prüfen. Nicht dass es wieder solche Schwachstrom-Pillen sind wie letztes Mal ...»

Sven verzog den Mund. «Es ist Klassestoff, darauf kannst du dich verlassen.»

Über Funk erhielt Inspecteur Vandenbrink vom Fotografen im Kassenhäuschen eine Meldung. «Das

THARSIS 07

fremde Mädchen steht mir in der Schussbahn, so bekomme ich die Drogen nie aufs Bild!»

«Auch das noch!», brummte Vandenbrink. Er war machtlos – ohne Funkverbindung zu seiner getarnten Kollegin konnte er überhaupt nichts unternehmen.

Doch Lilly Bezemer bemerkte es von selbst.

Unauffällig drehte sie Antje in die Richtung des verborgenen Fotografen. «Zeig mal den Stoff her – ich will ihn mir genauer anschauen!»

«Kluges Mädchen, Lilly», murmelte der Inspecteur leise vor sich hin. «Auf dich kann man zählen.»

Antje spürte irgendwie, dass die Beamtin etwas im Sinn hatte, und sperrte sich deswegen nicht gegen die Drehung. Gleichzeitig fragte Antje sich, wann die Polizei endlich losschlagen würde. Wie lange dauerte das denn noch – warum taten die bloß noch immer nichts ...?

Im roten Golf kaute Snupy gelassen auf einem Mintgummi herum. Ihm war keine Spur davon anzusehen, dass er mit jeder Faser seines Körpers auf den Start des Einsatzes lauerte. Es müsste jeden Moment so weit sein ...

«Jetzt hab ich's im Kasten», gab der Fotograf über Funk durch. «Der Typ ist mit dem Stoff einwandfrei auf den Bildern!»

«Okay», antwortete der Inspecteur. Er war jetzt wieder ganz ruhig. «Genügend Beweismaterial hätten wir – so eine Chance kommt nicht so schnell wieder ...» Er hielt kurz inne und gab sich dann einen Ruck. «Achtung, an alle. Wir wagen den Zugriff – aber seid vorsichtig wegen der Kinder! Sobald die Drogenhändler Waffen ins Spiel bringen, lassen wir sie abhauen! Die Sicherheit der

Kinder geht auf jeden Fall vor! Also, Leute: Holen wir uns die Typen! Los!»

Scheinwerfer blendeten auf und tauchten das ganze Gelände in gleißendes Licht. Der Inspecteur hatte sich vor der Aktion die Flutlicht-Beleuchtung der Baustelle erklären lassen und nun den entsprechenden Schalter umgelegt.

Rasch griff er nach dem bereitliegenden Megafon und trat damit vor die Baracke hinaus.

«Nehmen Sie die Hände hoch und verschränken Sie sie hinter dem Kopf!», forderte seine Lautsprecherstimme. «Sie da an Bord verlassen das Boot! Machen Sie dabei keine schnellen Bewegungen!»

Sven stand wie versteinert da und blinzelte geschockt ins blendende Licht.

Lilly Bezemer riss die Drogen an sich, griff nach Antje und zog sie unsanft hinter das Auto in Sicherheit. «Schön unten bleiben», zischte sie. «Du rührst dich nicht von der Stelle!»

Gleichzeitig sprang Snupy aus dem Wagen und kam entschlossen auf Sven zu.

Hinten bei der Baustelle trat eine Gestalt in Arbeiterkleidung aus dem Schatten – Kees Boom näherte sich mit seinem Besen.

«Dies ist ein Polizei-Einsatz», hallte Vandenbrinks

verzerrte Stimme durch das Gelände. «Versuchen Sie keine Tricks. Fliehen ist zwecklos!»

Auf dem Boot hatte Henk noch keine Regung getan.

Doch nun rührte er sich. Er ließ den Motor ohrenbetäubend aufheulen und gab Vollgas.

«Halt!», rief Vandenbrink durchs Megafon. «Sie haben keine Chance zu entkommen!»

Trotz der Aufforderung riss Henk das Schnellboot in eine spitze Wendekurve.

«Warte, Henk!», rief Sven. «Nimm mich mit – lass mich nicht im Stich!»

Henk sah ihm kühl in die Augen. Dann wandte er den Blick ab und raste aufs offene Wasser hinaus davon.

Da zerbrach etwas in Sven. Eine ganze Welt stürzte in ihm zusammen.

Er sah auf, und ein Schauer der Wut durchzuckte seinen Körper. Jetzt spielte alles keine Rolle mehr ...

Mit voller Wucht stieß Sven den Rasta-Mann Snupy zur Seite und rannte los.

Als er an Kees Boom vorbeistürmte, warf ihm der Beamte den Besen zwischen die Beine.

Sven strauchelte.

Doch er rappelte sich sofort wieder auf und hetzte weiter.

Hastig gab Inspecteur Vandenbrink dem Polizeiboot draußen in der Bucht Anweisungen, während er Henks

Schnellboot hinterherschaute. «Der Verdächtige fährt in nördliche Richtung – fangt ihn ab und nehmt ihn fest! Achtung, er könnte bewaffnet sein!»

Indem er seine Aufmerksamkeit für einen Moment dem wichtigeren Mann des Drogenrings widmete, musste er Sven zwangsläufig kurz aus den Augen lassen. Und die anderen Beamten warteten auf seine Befehle – das musste strikt so eingehalten werden.

Fieberhaft sprach Vandenbrink ins Funkgerät. «Die Streifenwagen riegeln die Ausfahrt ab! Alle anderen verfolgen zu Fuß den Flüchtenden mit der Kapuze! Vorsicht, falls er bewaffnet ist!»

Sven rannte auf die Ausfahrt zu. Doch in diesem Moment schleuderten die Streifenwagen mit quietschenden Reifen über die Straße und versperrten ihm den Fluchtweg.

Sofort änderte er die Richtung.

Aus den Einsatzfahrzeugen sprangen die Beifahrer heraus.

Auch Simon und Antje nahmen die Verfolgung auf.

Plötzlich zweigte Sven völlig überraschend in einen schmalen Durchschlupf ab. Und verschwand im Dunkeln ...

Hubschrauber über den Dächern

19

Im Parkhaus hasteten die Kids mit Zwockel die schummrige Betontreppe nach unten.

Als sie atemlos bei der Abstellfläche eintrafen, sahen sie gerade noch, wie Sven in den dunklen Durchschlupf tauchte.

«Er will bestimmt zu sich nach Hause», stieß Mark hervor. «Seine Wohnung ist ganz in der Nähe – und dieser Weg da führt dorthin!»

«Oh nein!», stöhnte Debora. «Wenn er's bis zu seinem Motorrad schafft, entwischt er uns!»

«Ja, aber es gibt eine kürzere Strecke zu seinem Haus!» Mark deutete schnell zur Ausfahrt. «Doch die konnte er nicht nehmen, weil die Streifenwagen da waren!»

«Und was machen wir jetzt?», fragte Raffi zappelig.

«Versuchen wir ihm durch die Abkürzung den Weg abzuschneiden!»

«Okay!»

Debora legte die Hände trichterförmig um den Mund. «Antje, Simon!», rief sie mit voller Kraft. «Kommt mit uns!»

Die beiden bremsten hinter den Polizisten jäh ab, wandten sich um und kamen angeflitzt.

Gemeinsam hasteten die Kids quer durchs Erdgeschoss des Parkhauses und verließen es beim Hinterausgang, wo sie hereingekommen waren.

Am Rand des Geländes sprangen sie auf ihre Fahrräder. Raffi schwang sich in die Kiste vor Simons Rad, und alle rasten los.

Zwockel rannte hechelnd an ihrer Seite, während Mark die Leitung übernahm.

«Nun müssen wir leider doch noch mal nach China-Town», rief er über die Schulter. «Es geht nicht anders!»

Die Strecke zu Svens Haus führte durch heruntergekommene Gassen und vorbei an bedrohlichen Gestalten, denen die Kids dauernd ausweichen mussten.

Sie klingelten ständig und schrien: «Hallo! Aus dem Weg, lasst uns durch!»

Am Himmel ertönte das Knattern eines Hubschraubers. Hoch über den Dächern der Stadt sahen die Kids den Such-Scheinwerfer des Polizeihelikopters, der in der Nähe kreiste und mit dem senkrechten Lichtstrahl Svens Standort anzeigte. Über Funk wurden die Beamten am Boden laufend benachrichtigt, wo sie entlangmussten, denn aus der Höhe war die Übersicht natürlich viel besser.

In einem nahen Stadtteil war ein zweiter Hubschrauber auf Henk angesetzt. Dessen Verfolger in Polizeibooten, Streifenwagen und auf Motorrollern erhielten aus der Luft stetig Angaben, wo sich das Schnellboot des Flüchtenden befand.

Die Kids konnten das Heulen mehrerer Sirenen in der Ferne hören.

«Jetzt ist es nicht mehr weit!», keuchte Mark. «Bald haben wir's geschafft!»

Sven hastete durch einen miefigen Hinterhof und schaute sich nach seinen Verfolgern um. Die Beamten waren ihm immer noch auf den Fersen, doch er konnte den Abstand laufend vergrößern, da er diese Gegend wie seine Westentasche kannte.

Er bog in eine düstere Gasse ein, sprang über leere Gemüsekisten und Mülltonnen und rempelte herumstehende Leute zur Seite.

Die ganze Zeit hatte er das ratternde Dröhnen des Polizeihubschraubers über sich.

Wirre Gedanken schwirrten durch seinen Kopf. Henk hatte ihn im Stich gelassen, einfach so, war mit dem Schnellboot davongebraust ohne den geringsten Versuch, ihn mitzunehmen ...

In die bodenlose Enttäuschung hinein mischte sich ein verzweifelter Trieb, zu überleben, zu fliehen – nur weg von hier, so schnell wie möglich nach Hause, die Polizei abhängen, die entscheidenden Sekunden gewinnen, danach wäre er für immer aus dem Schneider ...

Wenn er es bis zu seinem Motorrad schaffte, würde er ihnen durch die Maschen schlüpfen. Da könnten sie so viele Straßensperren errichten, wie sie wollten – in einer Stadt wie Amsterdam war ein derart engmaschiges Netz gar nicht möglich, dass er keine Lücke mehr finden würde.

Der Such-Scheinwerfer des Hubschraubers fingerte ständig nach ihm und erhellte die ganze Umgebung um ihn herum.

Während er atemlos durch die Gassen hetzte, pulste bloß noch ein Gedanke in seinem Hirn: Ab aufs Motorrad, weg, auf Nimmerwiedersehen, alles hinter sich lassen, völlig neu anfangen ...

Bald hätte er sein Ziel erreicht. Gleich. Nur noch einen Häuserblock. Danach eine allerletzte Gasse entlang, dann wäre er bei seinem Motorrad.

Doch als er in diese Gasse einbog, sah er sich plötzlich einem Hindernis gegenüber. Einem sehr ernsthaften Hindernis ...

In der engen Gasse kamen die Kids mit ihren Fahrrädern entschlossen auf Sven zugerast. Kurz vor ihm sprangen sie aus den Sätteln, stellten ihre Räder quer und riegelten damit den Durchgang ab.

Sven blieb verblüfft stehen.

Sofort erkannte er Antje wieder. «Was ... machst du denn hier?», fragte er entgeistert.

Hastig huschte sein Blick über die anderen Kinder.

Als er dabei Simon, Debora und Raffi ebenfalls erkannte, blitzte Wut in seinen Augen auf. Aber auch eine Spur des Begreifens, und sogar so etwas wie

Anerkennung. «Ihr wieder!», stieß er gepresst unter seiner Kapuze hervor.

Simon schob sich schützend vor Antje und seine Schwestern. «Ja, wir wieder.»

Gehetzt spähte Sven an ihm vorüber und sah, dass da kein Durchkommen war. In der schmalen, stinkenden Gasse standen Kompost-Tonnen und Getränkekisten vor den Hinterausgängen chinesischer Kneipen. An den Kids, ihrem knurrenden Hund und ihren Rädern führte kein Weg vorbei.

Fieberhaft blickte Sven sich um. Am Ende der Gasse tauchten soeben die Polizisten auf.

Umkehren kam also auch nicht in Frage.

Bedrohlich trat er auf Simon zu. «Lass mich durch!», zischte er mit einem gefährlichen Ausdruck im Gesicht.

Doch Simon machte keinen Platz.

Die beiden Jungs starrten sich stumm in die Augen, und für einen Moment schien die Zeit stillzustehen.

Von hinten trappelten rasche Schritte die Gasse entlang. «Keine Bewegung!», rief Inspecteur Vandenbrink. «Niemand rührt sich von der Stelle!»

Die Beamten waren nun schon ziemlich nah. Ihr heftiges Atmen war bereits zu hören.

Da plötzlich löste Sven sich aus der Starre. Mit einem wütenden Ruck stieß er Simon zur Seite und versuchte sich an ihm vorbeizudrängen.

Doch Simon schlang blitzschnell die Arme um Sven.

Zwockel riss sich von der Leine los und warf sich zähnefletschend an Sven hoch. Gleichzeitig sprang Mark vor und umklammerte Sven, der sich zerrend und um sich schlagend zu befreien versuchte.

Inspecteur Vandenbrink stürmte die letzten Meter

heran. Er stürzte sich auf Sven und zog ihn unsanft von Simon, Mark und Zwockel weg.

Mit Hilfe der weiteren Beamten konnte er den Flüchtigen in kurzer Zeit überwältigen.

Als Sven einsah, dass die Lage aussichtslos war, gab er jede Gegenwehr auf. Schließlich ließ er sich widerstandslos durchsuchen und abtasten.

«Sie sind verhaftet», schnaufte Vandenbrink. «Wegen Verdachts auf Drogenhandel – das Beweismaterial wurde am Tatort sichergestellt, Tausende von Ecstasy-Tabletten.»

Simon schaute Sven aufgewühlt an. «Dieses Mal», sagte er leise zu ihm, «ist es endgültig aus, Sven ...»

Der Junge mit der Kapuze wandte den Blick ab. Wortlos senkte er den Kopf und starrte zu Boden, während ihm die Handschellen angelegt wurden.

An der vorderen Einmündung der Gasse fuhr der rote Golf mit Lilly Bezemer und Snupy vor.

Erleichtert verfolgten die Kids, wie Sven zum Wagen geführt wurde.

Als er auf der Rückbank unter sicherer Bewachung saß, bückten sich die Kinder zu Zwockel und tätschelten ihm das Fell.

«Braver Hund!», lobte Raffi. «Gut gemacht, Zwockel! Du bist ein richtiger Held!»

Antje richtete sich auf und schaute Simon in die

Augen. «Und du auch», hauchte sie berührt. «Das war echt stark!»

Er nahm sie wortlos in die Arme und drückte sie an sich. «Jetzt ist alles vorbei ...»

Daneben gab Inspecteur Vandenbrink über Funk durch, dass der Flüchtende gefasst sei und der Hubschrauber hier nicht mehr benötigt würde.

«So», seufzte Kees Boom laut auf. «Hätten wir das!» Er zog ein Sandwich aus der Tasche, wickelte es aus und biss hinein. «Mann, hab ich einen Hunger! So eine Verfolgungsjagd macht Appetit!»

Die anderen Polizisten warfen sich einen Blick zu und begannen zu grinsen.

«Was ist denn?», fragte Boom. «Hätte ich den Flüchtenden nicht entscheidend aufgehalten mit meinem Besen, hätten wir ihn wohl kaum erwischt!»

«Träum weiter, Kollege!», schmunzelte einer der Streifenwagen-Beamten. Er sah die Kids anerkennend an und klopfte dann Kees Boom freundschaftlich auf den Rücken.

In diesem Moment knisterte Vandenbrinks Funkempfänger. «Einsatzzentrale an Luchs eins», schepperte eine Stimme aus dem Gerät. «Wir haben ihn!»

«Luchs eins hier», meldete sich der Inspecteur. «Ihr habt *wen*?»

«Den Kerl im Schnellboot. Er konnte bei einer Kanalschleuse eingekesselt werden. Unsere Leute haben ihn festgenommen und bringen ihn zur Wache. An Bord konnte weiteres Beweismaterial sichergestellt werden.»

«Sehr gut.» Über Vandenbrinks Gesicht huschte ein Lächeln. «Danke, Zentrale. Und over ...»

Unter dem Sternenhimmel

Die Kids waren noch ganz aufgedreht von der Verfolgungsjagd und begeistert darüber, dass beide Drogenhändler gefasst werden konnten, als der Inspecteur zu ihnen trat.

«Was», fragte Debora, «geschieht denn jetzt mit Sven?»

«Nun ...» Vandenbrink blickte sie abwägend an. Dann sagte er: «Zunächst kommt er in Untersuchungshaft ... Aber die Beweislage ist so eindeutig, dass er mit Sicherheit eine mehrjährige Strafe absitzen muss.»

«Puh!» Raffi blies erleichtert Luft aus. «Zum Glück!»

Auch die anderen Kinder atmeten auf. Diesmal käme Sven nicht mehr ungeschoren davon und würde dauerhaft hinter Gittern landen.

Der Inspecteur blickte die Kids ernst an. «Um ein Haar hättet ihr den ganzen Polizeieinsatz vermasselt! Wenn ihr nicht auf dem Parkplatz aufgetaucht wärt, hätten wir die Täter dort problemlos festnehmen können.» Er zeigte mit dem Finger auf Antje. «Dabei habe ich dir ausdrücklich eingeschärft, von da wegzubleiben, und trotzdem habt ihr uns ins Handwerk gepfuscht! Ihr müsst jetzt endgültig begreifen, dass das kein Spiel ist!»

«Ja, ist gut», murmelte Antje betroffen, und die Kids nickten beipflichtend.

Mark wandte sich um und sah zum roten VW Golf hinüber. Dort saß Sven unter ständiger Aufsicht von Lilly Bezemer und Snupy auf der Rückbank.

Die Kapuze tief ins Gesicht gezogen, schaute er mit leerem Blick heraus.

Schweigend betrachtete Sven durch die Autoscheibe das Geschehen in der Gasse.

Er fühlte sich durch die Verhaftung – so merkwürdig das klang – irgendwie erleichtert. Er konnte es sich selbst nicht erklären. Vor wenigen Minuten hätte er noch alles gegeben, um zu entkommen, doch jetzt, wo es aus war, spürte er eine eigenartige Ruhe.

Nun hatte alles ein Ende. Wenn er ehrlich war, musste er zugeben, dass die Sache sonst noch lange hätte weitergehen können. Denn nach dem letzten Geschäft kam in der Regel immer noch ein weiteres letztes Geschäft, und sein Plan, aus freien Stücken auszusteigen, hätte höchstwahrscheinlich nicht geklappt. Nun war er dazu gezwungen. Und das erleichterte ihn auf eine sonderbare Art.

Daneben ging ihm auch Henk durch den Kopf. Sven war bodenlos enttäuscht, dass sein bester Freund ihn hängen lassen hatte, als es wirklich darauf ankam. Henk war gar nie sein Freund gewesen, das stand nun fest. Unumstößlich.

Er tauchte aus seinen Gedanken auf, als der Inspecteur zum Wagen kam und die Tür öffnete.

Die Kids folgten dem Polizisten und blieben mit dem Hund in Hörweite stehen.

«Haben Sie uns etwas zu sagen?», richtete sich Vandenbrink an Sven. «Wenn Sie eine Aussage über Ihren Drogenring machen, können Sie unter Umständen eine Strafmilderung erlangen.»

Auf dem Vordersitz wandte sich Lilly Bezemer um und blickte Sven an. «Sie haben das Recht zu schweigen, aber das würde ich Ihnen nicht raten.» Sie hob ein kleines Tonbandgerät in die Höhe. «Wenn Sie nichts dagegen haben, lasse ich ein Band mitlaufen.»

Abwartend sah Sven die getarnte Beamtin und dann den uniformierten Inspecteur an.

Innerlich wog er ab, was er tun sollte. Eins war klar: Henk hatte ihn kaltblütig im Stich gelassen – also musste er auch nicht mehr zu ihm halten.

Zögernd fasste Sven einen Entschluss. Sollte die Polizei doch ein paar Dinge erfahren, wenn er dafür weniger lange ins Gefängnis müsste!

«Mein Kontaktmann heißt Henk», antwortete er schließlich. «Die Bosse kenne ich nicht, aber Henk kennt die bestimmt.»

Vandenbrink nickte. «Und weiter?»

Unschlüssig zuckte Sven die Schultern. «Sonst gibt's da noch ein paar Typen im Labor, aber die Namen von denen ...»

«Labor?», ging Lilly Bezemer dazwischen. «Was für ein Labor?»

«Na, da, wo die ganzen Ecstasy-Pillen gemacht werden.»

«Schön, und wo ist das?», hakte Vandenbrink nach.

Sven sah sich unbehaglich um.

Dann gab er sich einen Ruck. Wenn er schon mal so weit war, konnte er auch gleich mit allem auspacken.

«Am Hafen», murmelte er. «In dem Lagerhaus von ‹KaasTrans›. Hinten in der Halle ist ein versteckter Anbau. Dort wird der gesamte Nachschub produziert.»

Die Kids tuschelten aufgeregt miteinander: «Hatten wir also doch Recht mit unserem Verdacht! In dem geheimen Raum am Hafen werden wirklich Ecstasy-Pillen hergestellt!»

Über Funk gab Vandenbrink durch, dass die Spezialeinheit für Drogenlabors sofort zum KaasTrans-Lagerhaus ausrücken solle. «Überprüft den hinteren Teil der Halle, schließt das Labor, verhaftet alle Anwesenden und sichert unverzüglich das umliegende Gelände!»

«Das ist aber mutig von Sven», murmelte Debora, «dass er das Versteck preisgibt – damit stellt er sich doch gegen seine ganze Bande!»

«Stimmt», gab Simon zu. «Das braucht schon was.»

Der Inspecteur sprach nun weiter mit Sven, und die Kinder hörten wieder aufmerksam zu.

«Durch Ihre Mithilfe können Sie mit gewissen Hafterleichterungen rechnen», eröffnete Vandenbrink dem

Gefangenen. «Bei guter Führung erhalten Sie allenfalls die Möglichkeit, während der Haft eine Berufslehre zu machen. Sofern Sie das möchten.»

Und ob er das wollte! Das ist ja schon immer mein Wunsch gewesen, dachte Sven. Vielleicht würde jetzt doch noch alles gut werden. Schade nur, dass er dafür erst auf die schiefe Bahn geraten musste ...

Doch dann durchzuckte ihn ein Gedanke wie eine heiße Welle.

Im Gefängnis müsste er einen Ecstasy-Entzug machen – das würde bestimmt hart werden.

Ihm graute davor. Jede Faser seines Körpers stemmte sich verzweifelt dagegen.

Doch da musste er nun durch. Da führte kein Weg dran vorbei.

So wie bisher hätte es ohnehin nicht weitergehen können ...

Als Vandenbrink wieder zu den Kids kam, war er in deutlich besserer Stimmung, da beide Täter gefasst wurden und zumindest einer davon Aussagen über den Drogenring machte. Dadurch stiegen die Chancen beträchtlich, auch den wichtigen Hinterleuten auf die Spur zu kommen.

Den Kindern erklärte er: «Wenn in dem Ecstasy-Labor weitere Leute verhaftet werden können, sagen einige von denen unter Umständen ebenfalls aus, womit wir auf noch mehr Angehörige des Drogenrings stoßen könnten. Und auch aufgrund von Beweismaterial und Indizien, die wir im Labor finden, wäre es möglich, dass wir schlussendlich den gesamten Ring erwischen.»

«Das ist gut», sagte Raffi. «Dann können die niemandem mehr schaden.»

«Ja, das ist gut», brummte Vandenbrink und dachte im Stillen, selbst ein voller Erfolg wäre leider nur ein Tropfen auf den heißen Stein. Denn danach würde einfach ein anderer Drogenring in die Lücke springen. Solange es Leute gab, die so verrückt waren, ihr Leben mit dem Stoff zu zerstören, würde das endlos so weitergehen – es war ein ewiger Kreislauf. Das hinderte Vandenbrink allerdings nicht daran, das Menschenmögliche zu tun und weiterhin mit aller Kraft gegen dieses miese Geschäft anzukämpfen. Immerhin würden die Verhafteten ihre gerechte Strafe bekommen, das war den hohen Einsatz doch mehr als wert. Von seinen ganzen Überlegungen sagte er den Kindern allerdings nichts.

Stattdessen verlangte er die Amsterdamer Adresse von Antje. «Deine Handy-Nummer haben wir ja schon beim Verhör aufgenommen. Falls wir noch Fragen haben, melden wir uns.»

Er verabschiedete sich von den Kindern und ging zum roten Golf, um gemeinsam mit Lilly Bezemer und Snupy den Täter zur Wache zu bringen.

Unterwegs blieb er stehen, wandte sich noch einmal um und hob mahnend den Zeigefinger. «Ihr lasst ab jetzt die Polizei ihre Arbeit machen, verstanden?» Ein leises Schmunzeln umspielte seine Mundwinkel. «Trotzdem, danke für den Tipp mit der Übergabe am Hafen.» Er zwinkerte Antje und den Kids zu. «Und nun tut einfach das, was Kinder sonst so tun! Noch dazu als Urlauber in Amsterdam – die Stadt hat ja so viel Schönes zu bieten!»

Auf dem Heimweg schoben die Kinder ihre Fahrräder neben sich her. Sie mussten erst mal ein bisschen herunterkommen von der ganzen Aufregung der vergangenen Stunden – noch schwankten sie zwischen nachwirkender Hochspannung und der riesigen Erleichterung, dass nun alles gut war.

Zwockel schnupperte neugierig auf dem Straßenpflaster herum und vertrieb laut bellend eine Katze, die sich vorwitzig Raffis Rucksack näherte.

Als eine Weile später ein Punker mit buntem Irokesen-Kamm und ansonsten rasiertem Schädel ihren Weg kreuzte, war Raffi schon wieder ganz die alte. Verstohlen deutete sie auf das Gesicht des jungen Mannes, in dem die Augenbrauen ersatzlos beseitigt waren. «Schaut euch mal diese Brauen an», tuschelte sie. «Die sind aber gar nicht schön gelockt!»

Alle verfielen in ein befreiendes Gelächter.

Der Punker grinste bloß und blinzelte ihnen scherzhaft zu.

Über der Stadt brach allmählich die Nacht herein, doch die Luft blieb herrlich lau, und auf den Straßen waren immer noch viele Leute unterwegs.

Simon blieb an einer Ecke stehen und holte sein

Handy hervor. «Ich rufe kurz Loko an, um ihm zu sagen, dass die Gefahr vorüber ist.»

Während Antje nicht von seiner Seite wich, warteten die anderen Kinder ein Stück abseits.

Als Loko am Telefon die gute Nachricht vernahm, fiel ihm ein Stein vom Herzen. «Bin ich froh!», seufzte er «Wenn ich gewusst hätte, was das alles für Folgen hat, als ich damals zum ersten Mal eine Ecstasy-Pille nahm! Es begann so harmlos ...»

«Ja, es scheint harmlos», entgegnete Simon, «aber es ist genau das Gegenteil davon ...»

Überschwänglich bedankte sich Loko für alles, was die Kids getan hatten.

Dann verabschiedeten sich die beiden Freunde voneinander, und Simon klappte das Handy wieder zu.

Unter dem Sternenhimmel schlenderten die Kinder an den beleuchteten Grachten entlang. Wunderschön spiegelten sich die Lichterketten der malerischen Brücken auf dem Wasser.

Debora schwärmte: «Ich freue mich mega, nun endlich richtig schöne Ferien in Amsterdam zu machen und unseren Aufenthalt in vollen Zügen zu genießen!»

«Sofern Tante Caroline uns lässt», stichelte Mark.

Simon grinste. «Und ich kann's kaum erwarten, in den Musikläden an den Einkaufs-Straßen rumzustöbern!»

«Und in den Kleidershops!», fügte Raffi verschmitzt hinzu. Ein bisschen vermisste sie zwar ihre beste Freundin – schade, dass Nina nicht hier war. Doch Raffi machte bereits Pläne, was sie im Dorf mit Nina unternehmen würde. «Jetzt hab ich aber erst mal endlich Zeit, um mit Zwockel und Mäuseken zu spielen!»

Die Kids schauten sie abwägend an.

«Ja, Pingu!», machte die Kleine. «Ich weiß, dass ich Mäuseken am Schluss wieder freilassen muss!»

«Na, dann ist ja gut», schmunzelte Debora. «Opa will das ja auch so. Ach, übrigens – ihm müssen wir unbedingt erzählen, wie die Sache ausgegangen ist. Wir haben ihm ja versprochen, ihn auf dem Laufenden zu halten.»

«Klaro! Keine Frage!»

Bei einer lauschigen Allee am Grachtenufer hielt Simon an und stellte sein Fahrrad ab. «Lasst uns ein bisschen hierbleiben. Wir schaffen's locker nach Hause, bevor Opa und Caroline von ihren Windmühlen zurück sind.»

Er führte Antje an der Hand ans Kanalufer. Derweil setzten sich Mark und Debora auf eine Parkbank unter den Bäumen.

«Du warst super, Mark», lobte Debora. «Ohne dich hätten wir Sven in dem Gassengewirr vorhin niemals erwischt!»

Mark schaute sie an. «Wir sind eben ein gutes Team!» Lächelnd hielt er ihr die flache Hand hin. «Check!»

Raffi drängte sich zwischen die beiden und klatschte ebenfalls auf Marks Hand. «Check!», rief sie laut.

Inzwischen ließen sich Simon und Antje an einer

besonders romantischen Stelle am Ufer nieder. Sie schmiegten sich aneinander und freuten sich total darauf, nun richtig ausgiebig Zeit für sich zu haben.

In der Gracht vor ihnen tuckerten Boote friedlich vorüber. Das Wasser plätscherte leise gegen den Steg und spiegelte die tausend Lichter der verträumten Brücken wider.

«Ich weiß gar nicht», begann Simon, «wie ich dir danken kann, Antje. Du bist so ... mutig ... und ...»

Sie hielt ihm den Finger auf die Lippen. «Psssst ...»

Zärtlich legte Simon den Arm um sie, und es kam zum ersten wirklichen Kuss der beiden.

«Wie wär's», murmelte Antje danach, «wenn wir mal eine nächtliche Grachtenfahrt auf den glitzernden Kanälen machen würden? Nur du und ich?»

Er blickte sie sanft an. «Das wäre super ...»

Nach einer Weile standen sie auf und gingen zurück zu den anderen.

Raffi hatte ein spitzbübisches Grinsen im Gesicht, weil sie den Kuss beobachtet hatte.

Neckisch versetzte Debora ihr einen Stoß in die Seite. «Du brauchst gar nicht so zu kichern, Schwesterherz – in ein paar Jahren gibst du vielleicht auch mal wem ein Küsschen!»

«Ich? Ja Pingu! Nie im Leben!»

Lachend streckte Simon der Kleinen seine freie Hand entgegen.

«So, Leute.» Mark erhob sich von der Bank und fasste Zwockel an der Leine. «Auf geht's! Ich habe mächtig Durst! Jetzt genehmigen wir uns zu Hause eine schöne Chocomel!»

«Au ja!», rief Raffi begeistert. «Klasse, Mann!»

Alle stiegen auf ihre Fahrräder, und Raffi machte es sich in der Kiste vor Simons Rad bequem.

Gemächlich fuhren sie durch die lauschigen Gassen zu Carolines Wohnung und dem Hausboot und tauchten dabei in das nächtliche Treiben der malerischen Stadt ein.

CAR
MAN

KAMINSKI-KIDS

DIE BÜCHER

Carlo Meier
Die Kaminski-Kids:
Unsichtbare Zeugen
Band 10
BRUNNEN

Carlo Meier
Die Kaminski-Kids:
Raub in der Nacht
Band 11
BRUNNEN

Carlo Meier
Die Kaminski-Kids:
Das Geheimnis von Marrakesch
Band 12
BRUNNEN

Carlo Meier
Die Kaminski-Kids:
Spurlos verschwunden
Band 13
BRUNNEN

Carlo Meier
Die Kaminski-Kids:
Gefährliches Spiel
Band 14
BRUNNEN

Carlo Meier
Die Kaminski-Kids:
Im Kölner Verlies
Mit Illustrationen von
Matthias Leutwyler
Band 15

Carlo Meier
Die Kaminski-Kids:
Fahrerflucht
Mit Illustrationen von
Matthias Leutwyler
Band 16
fontis

Carlo Meier
Die Kaminski-Kids:
Der Selfie-Betrüger
Band 17
fontis

Carlo Meier
Die Kaminski-Kids:
Das Rätsel in der Burg
Band 18
fontis

HAT DIR DAS BUCH GEFALLEN?

SCHREIBE UNS!

Wir freuen uns immer riesig über Post von Leserinnen und Lesern! Wenn Dir die Kaminski-Kids gefallen oder wenn Du einen Vorschlag, eine Frage oder sonst eine Rückmeldung hast, dann zögere nicht, uns zu schreiben! Sende uns Deine Zeilen

PER E-MAIL AN
fanclub@kaminski-kids.com

ODER AN
Die Kaminski-Kids
c/o Fontis – Brunnen Basel
Steinentorstr. 23
CH-4010 Basel

Wir freuen uns, von Dir zu hören!

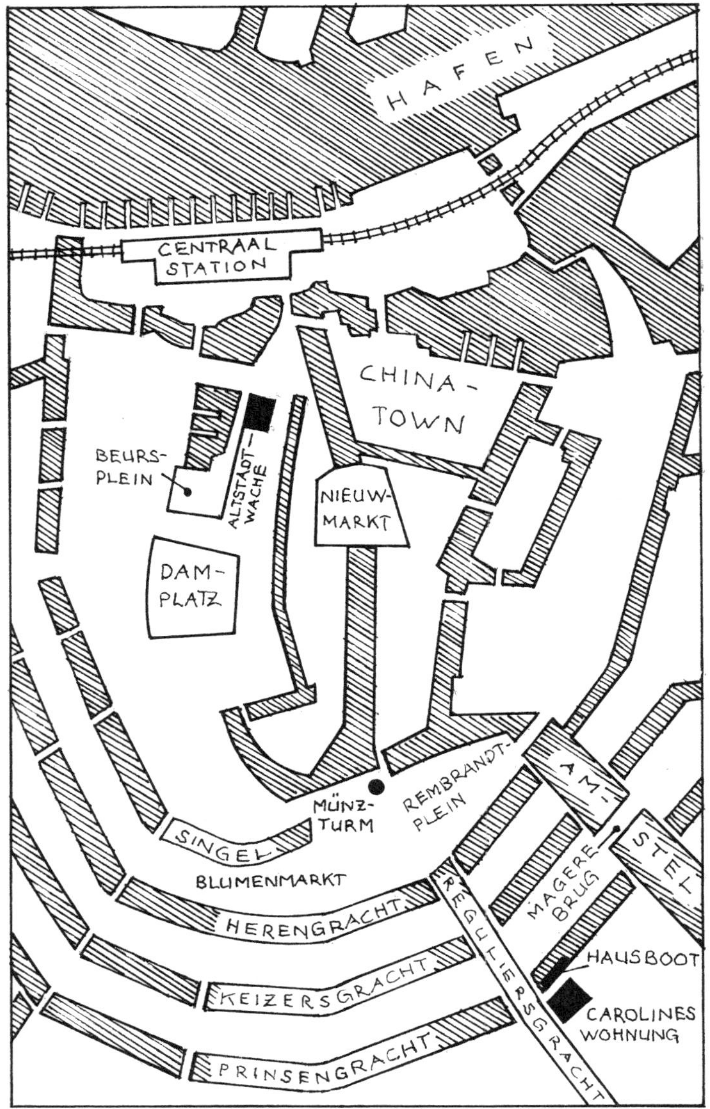
HAFEN
CENTRAAL STATION
CHINA-TOWN
BEURS-PLEIN
ALTSTADT-WACHE
NIEUW-MARKT
DAM-PLATZ
MÜNZ-TURM
REMBRANDT-PLEIN
AM-STEL
SINGEL
BLUMENMARKT
MAGERE BRUG
HERENGRACHT
REGULIERSGRACHT
HAUSBOOT
KEIZERSGRACHT
CAROLINES WOHNUNG
PRINSENGRACHT